我宁死在火山的红色火焰里

也不愿让平常的岁月染白我的长发

在全世界的边缘呼唤爱

在全世界的边缘呼唤爱

洛艺嘉
作品

我的疗伤、解放与歌颂之旅

江苏文艺出版社
JIANGSU LITERATURE AND ART
PUBLISHING HOUSE

目　　录

CONTENTS

推荐序一

洛艺嘉，在行走与飞翔中修行的奇女子

这个女人身立旷野，背对人类，她说："我这一去，许是舍弃、重获与回归；许是逃离、背弃与镜花水月。然而，不管怎样，我还是上路了。"

一个女人在11年里游历了111个国家，她经历过两次战争，见证过死亡，遭遇过持枪抢劫，飞机迫降，车祸，却始终继续前行，用脚步丈量地球的经纬。这位被称为中国大陆真正意义上周游世界的第一人，只能是一个奇女子，这个奇女子叫洛艺嘉。

洛艺嘉说："我们就像树，一生大部分时间都是独处。可是，如你愿意，天也是陪伴，风也是陪伴，云也是陪伴。我决定不再去想世间一切的牵牵缠缠，快乐起来，不辜负自己艰难的行走。"洛艺嘉用自己独闯天下的勇气和行动，告诉世人，生命就是不间断的体悟，在行走中体验，在旅行中感悟，我们无法延长生命的长度，但是我们可以延展自己生命的宽度和内涵，因为人生短短几十年，只要跟随自己的心去寻找心的方向就好。

感谢洛艺嘉让我对《在全世界的边缘呼唤爱》先睹为快，这段时间每当白日的繁华落尽，夜幕降临之后，在寂静的时光之湖上，我便乘坐着洛艺嘉优美灵慧的文字之舟，驶向了人类和自然的大河源头，神秘而深邃的非洲之境。她仿若这片曼妙的黑森林之中的异邦信使，在我的面前娓娓讲述她和这里的所有生命相遇时的那些感怀、欢喜、忧伤和体悟。

摆在我眼前的不仅仅是一本奇妙的旅行日志，更是作者自己拓宽了生命的宽度之后敞开的一个充满无限可能的全新世界。这个坐拥丰富生命体验的女人以她诗歌般的语言，将风景和情感绝妙地融合在一起，让我们领略到非洲大陆自然人文景观的壮丽辽阔之美。

“撒哈拉，浩瀚沙漠，烟火人生”“南非，那一个彩虹之国”“塞舌尔，传说中的伊甸园”……在这众多无比诱惑的文字描述之下，我们似乎对这优美的非洲画卷触手可及。洛艺嘉用她独特而感性的生命体验告诉我们在这没有雾霾的地方，充满了自然的绿色气息该是多么让人惬意的一件事情。“晚上，是满天的白云！是白云，很白，月亮附近的那些甚至是透明的。月亮大大的，亮亮的，高高的。清透、圆满。高原的月夜如此高洁、清美。”

在非洲，她恍若梦境般穿行。她看到了树顶上的旅馆，300 万只火烈鸟在翩翩起舞，凯伦的故居，多姿绮丽的雨林，最璀璨的星空，成群奔跑的斑马，狩猎的狮子，赤道南北的小花，传说中的秘书鸟，红冠、蓝身的塞舌尔蓝鸽从天空中闪过，蜂虎鸟神秘地绕圈飞行，猴面包树的白花朵晚间开放，椰子蟹爬笔直的椰子树，濒危的褐鹈鹕在水面上捉鱼，大西洋上的海雾向沙漠深处漫延，跟着沙漠商队在茫茫沙漠中穿行，在寂静与浩渺中品味到了自然的神秘、伟大……

当她在非洲的心脏，观望自己的心，她仿佛看到新生命从这里诞生，我们是否也被不可知的强大力量挟裹而不能自主？在这样的蓝天白云下面，她站在自己生命的河口。这仿如人类最初乐园又是当今人类最后一块净地之美的画面，是如此真切而又生动地呈现在人们的眼前，这对于挣扎于欲望都市而不可自拔的芸芸众生来说，这可望而不可即的自我救赎之旅其实就在放下或不放下的一念之间而已。

行，走，行走，再行再走，一次次再行再走，“行走”注定是洛艺嘉一生最为执迷的修行方式，她的家园在路上，她的乡愁在足下。她的肉身所丈量和抵达过的所有地方——大地、高山和海洋，都曾是她的灵魂昔日所飞翔过的天空。

“或是你踏上归途，或是我永远离开。”洛艺嘉正是以这种对生命独特的体验，在巨大的恐惧与绝望中勇敢起来，完成了对自我的一次次重获新生，于是她对生命与自然有了全新的眼光。她就这样不断在荒凉苍茫的生命旅程中寻找辽阔、激昂的传奇，并为发现自己的新力量、新境界而获得最终的安宁与感激。那些生命中不能承受之重或之轻亦在此种云淡风轻的行走和飞翔中，上升为轻盈的了然和澄澈。

江小鱼

2014 年 1 月 18 日

推荐序二

我所不知道的遥远的非洲

非洲，是我所不知道的遥远的所在。只在电影里、书里见过它，它就像虚幻中的梦。我曾经也在这里神往过陌生的草原，甚至也在别的时候亲近过那里的风声，总也怀疑非洲有着我某一世的灵魂，而我目前还没有足够的福分去捡取。洛艺嘉与非洲的情分，可谓深矣。

这一世的旅途，单身女子的行走，看起来美妙，实则充满艰辛。作为同样身为抵达异域，把生命中很重要的时光都交给了旅行的人，我想，对于那种独自上路的各种滋味，我也都了然于心。它如此之美，以至于可以一笑了之。

对于非洲，我想大多数的读者和我一样，只有一些关键词，多多少少有一些盲目的歧视性的见解；所幸，现在我已经知道，这些源于无知的想法，都是可以通过了解而消除的。当你知道得越多，那种因为陌生而产生的恐惧就会减少。旅行就是这样一个过程，渐行渐远，把未知的恐惧渐渐变成相知的温柔，不光是你的耀眼的光彩，连同你荒漠的凄凉我都一起爱了。

我还认识另外一个女人，单身妈妈许多年，凭着自身的努力攒到了安身立命的资本。在四十多岁的时候，一连三年都走在路上，不歇不休地把中东、非洲、南美甚至南极全走遍了。世界之外，有一些人，静静地与整个蓝色星球作浩瀚的期会。我所不知道的遥远的版图，有些人，都存留在脑海深处。夜梦中，辗转翻腾。洛艺嘉也是这样有着“梦里不知身是客”“今宵酒醒何处”体会的漂泊者。

其实，在现实生活里，我并不认识洛艺嘉，只知道，她拿着中国护照把所至国度数字，走到了百位数。数字虽然不是全部，但隐藏在数字后面的，我知道，那是多少千山万水的沧桑，也知道，那会有多少筋疲力尽的倦怠。

这不是我看过洛艺嘉的第一本书，却是最有心意的一本。字里行间的情意，力透纸背。掩卷，我想对于处置爱情残局这件事，她是那种很有勇气的人，一般而言，女人会更习惯让爱情死得透透的，才心灰意冷出去肆意江湖。

这样主动舍下未了的余情，纵情山水去，大概，她真的是那种“听得见自己心”的人，不计代价的，孤注一掷。

不是所有人都会俯身去听自己的心，或者听了也不敢相信。只有很少的人，才会破除庸常生活的无聊，突围而去，成为永远的传奇。

我所不知道的遥远的非洲，是海明威猎枪中对准的目标，是凯伦《走出非洲》贡嘎山下的农场，是一片模糊、荒凉、混乱的，被神明流放了的土地。它蕴藏的种种珍宝，都成了大国的利益。

而它自己，活在我想象中的非洲，热气腾腾的野性，充满着无限的原始力量，不知道是人类文明社会清醒得太早，非洲仍然昏睡，还是人类文明根本是个骗局，只有非洲才是真实的。它如此真实，就像人类这个生物，过去的所有面目，除了鲜明的爱恨，除了跳舞与击鼓，尚没有习得那些苟且钻营。

你没有变得像我们这里一样肮脏模糊，虚情假意，总有一天，我要走过千山万水，见证人类的过去与将来。

谢谢先行者对于非洲的描绘，因为你们每一次描绘，都会使遥远的非洲，清晰一些。

曾经有朋友说:“你知道吗，并不是所有的人，都有幸能够摆脱机械生活套路的，很多人活得就像机器一样，根本不曾想要改变，没有那种想要活得更有趣的意识。”

“是啊，那么就看书吧。”我说。

吴苏媚

2014 年 2 月 8 日

推荐序三

与洛艺嘉一起在火烈鸟的群舞中旅行

有时，突然想逃离现在的现实生活。不想上班看不听话的员工脸色，不想跟客户谈来谈去谈些利益不大的不毛生意，不想给孩子啰唆该努力学习要不无法上好大学等废话，不想被亲戚的无聊争议打扰，不想为控制不住自己的感情而陷于自我嫌恶的旋涡。

放弃一切，想踏进没有人认识我、干涉我的异境。自由自在地放开自己，将看到的一切变成自己的精神食粮，将听到的一切变成开拓新人生的动力。想想，我能不能做到？难。

洛艺嘉的非洲之旅，刚开始无法让我平静地读下去。她离开自己爱的人去旅行，到了一片离自己的文化最远、最陌生的大地——非洲。这算是一种逃避之旅吗？

继续读下去，我感受到洛艺嘉细腻、优雅的笔触下非洲各个角落的美景。可能是女性的原因，她感受异域文化，不是通过地理、历史、政治等知识来了解，而是通过看、听、闻、尝、触的五种感觉来感受，几乎融入非洲大地，与这个野性的世界浑然一体。阅读她的文字，我被带到非洲的原色世界，看火烈鸟的群舞，也跟她一起走进明月与彩虹交相辉映的美景里。

洛艺嘉描绘出一个原色油画般的梦境，我从焦躁的心境中逃出来，不知不觉地跟她一起走遍非洲，同时，回顾她的过去，归纳她的感情，跟她一起重新确认爱情，我自己也意识到自己的重生。

我发现洛艺嘉无论走到哪里，都离不开过去的记忆和自己的感情。

在坦桑尼亚的港口城市达累斯萨拉姆，洛艺嘉说：

在达累斯萨拉姆，满城开满凤凰花。凤凰花开两季：一季老生走，一季新生来。

那红遍全城的凤凰树，让我想起西班牙马德里的Burgundy街。我们没有携手走过那里，但我在那里，那么想念你。夏日漫长得仿佛永远不会消失。就如你在我的身边。

我一直对“凤凰涅槃”都不太感冒。今天，我却仿佛看到新生命从我这里诞生。

在津巴布韦，洛艺嘉说：

受当地人蛊惑，我在维多利亚大瀑布公园关门前，藏起来，不出去。他们没有骗我。我真的看到了月光彩虹，正好悬挂在魔鬼瀑布上方。明月与彩虹交相辉映。这我曾经的梦境，在现实中，美得令人窒息。

我想起，我们一起看过的烟花、昙花、流星。绚烂的，都消失得这样迅疾。

逝去的，只是那一抹短暂的彩虹。留下的，却是永远不去的光影。人生即如是。

“即使远走他乡，亦无法逃避自己。”

洛艺嘉通过非洲之旅告诉我，旅行不是逃避自己，而是靠近自己的心灵，安慰自己疲劳的灵魂。

日本关西华文时报社长　黑濑道子

2014年3月10日

前　言

一个女人的素年锦时

亲爱的小虫：

原谅我这样不辞而别，带着这样坚定的执念离开。你也许迷惑于我们之间何至于如此疏离。我想，是变故，也是疑惑；是无常，更是质疑。我这一去，许是舍弃、重获与回归；许是逃离、背弃与镜花水月。然而，不管怎样，我还是上路了。

是谁说“我生命中的千山万水任你一一告别，世间事除了生死，哪一桩不是闲事。”是的，是闲事，都是闲事。

这一年生活中遭遇的种种，你自然知晓，但我内心深处的震荡，却无法诉与你听。很长时间以来，我都觉得我的生活会像小河一样安稳沉静，日日流动，缓慢向前。不曾想到，所谓“安稳”不过是幻象，旦夕之间，生活已是沧海桑田。

接到姥姥病危的电话时，我和安洁正兴致勃勃地走向藏酷——那个西藏风情浓郁的酒吧。弟弟在电话里说，姥姥突发脑溢血。我听后头嗡的一声，已然不知所谓。路边闪烁的霓虹和街上喧嚣如织的人群瞬息天旋地转，将我包围。

赶了 700 公里的路程，我们回到老家。迎我们的车，没有回家，也没有去医院。

在一条陌生的路上，我发现了殡仪馆的黑牌子。我失声痛哭，眼泪奔涌。姥姥是最疼我的，虽然近年耳背，可每次一接我电话，她总能听清，然而今后我将再也看不到她了。命运张开黑色的大手，昭示了玄秘力量的不可抗拒。

我一直相信奇迹，可，生活没有奇迹！

我尚未从失去姥姥的哀痛中走出，又接到爸爸被确认为肺癌晚期的消息。

仿佛爸爸就要不在了，那种恍然若失的幻觉时时吞噬着我的心。陪爸爸住在医院，深夜，我常常被吓醒。签让人心惊的手术合同，等待生死未卜的手术。手术后漫长、痛苦的恢复期。放化疗的恶心、隔壁8岁癌症孩子的哭叫、病人空洞无助的大眼睛、老人无力却钻心的咳嗽声，还有医生护士急匆匆的脚步……这一切都在折磨着我的神经。

我时常从这样的环境中醒来，看见黑色的人影在郁蓝色的晨间，开始一天里的奔波。望着这川流不息的生命，匆匆奔赴人间，是怎样茫然无知地跋涉在这生的虚无之境。夜灯还没有熄灭，像干枯的老人的眼。

就这样，医院里的银杏树，从春夏的绿，凋败为深秋的黄。

而我，只觉光阴如刺，秒秒煎熬。

半年之后，爸爸出院了。

然而，我的工作也黄了。总编说，我离开太久了，已经没我的位置了。

我知道你想好好安慰我。你拉我到处去看房子，对于一直横亘在我们之间的那些悬而未决的问题，你绝口不提。而你不知道，就在此时，那颗矢志不渝要与你并肩作战的心早已失去了信誓旦旦的勇气，在这一年中慢慢退缩。工作丢了，生活找不到任何意义，对爱情也产生了脆弱感和怀疑。我曾经试图告诉你，在那些痛苦难挨的日子里，我是如何枯坐在医院的走廊里，耗过每一个黄昏和日落。

秋日的午后，阳光微凉，通过层层枝桠和绵密枝叶投射下来，细碎明亮，飘忽摇曳，一如人生的虚幻与无常。

佛箴里说："众生沉迷于红尘幻象，只知索取与占有，一如盲者。"佛箴里也说："人，需舍才有得。"我想，我必须放弃手中所有，才能获取新的世界。

我没有告诉你，那时，我时常会做奇幻的梦。我梦到了宽广的大河，翻卷着进入森林。我还梦到星星挂在树上，在无边的草原，有一棵耀眼的红树，一道奇怪的光，温润、柔和。这光接着走进一大片雨里。然后，彩虹出现了……

我初见它，犹如阴沉雨后乍现阳光，带给我温暖、光明与抚慰。

于是，我决定去追寻梦中出现的奇幻场景。我没有告诉任何人我的离开。然而几年后回来，父母还是父母。你却不是你了。

淡漠、生疏、遗忘。我们会不会像两颗星球，各入自己的轨道，再无交叉，从此沉入宇宙深邃的寂寞？

虽然我也心存侥幸：是否你握得越紧，爱情也就越牢？

我们的爱情止于此，倒也清明。此时，还没有彼此的伤害和丑陋。也还不曾为岁月侵害，不至于被怨怼掩埋。

我关窗时，看了看窗外。离别的夜不像想象的忧伤黯淡。星空意外地璀璨。我知道，我的梦还在那里。

把留言压在书下。对不起，我的爱人，原谅我就这么放下你。

也衷心祝你幸福。

但，若你找到了幸福，请永远也别告诉我她是谁。

我提起行李，为你关上灯，奔赴那与你差不多是永别的航班。

一

内罗毕

我回头，你已在万里之外

我走过意大利、英国、法国、德国、丹麦、西班牙。我没有看到我的梦，一点痕迹也没有。于是，我决定去非洲看看。第一天到非洲，我竟然不敢独自出门。几小时后，我还是勇敢地出去。“你看，你看。”我习惯性地说。我回头，你不在。你已在万里之外。内罗毕的夜晚不是黑的，是蓝黑色的。大白云朵在院子里飘着，星星仿佛挂在树上。这不就是我的梦吗？

巴黎新桥是塞纳河上年代最久、最有名的桥。之前，巴黎的桥两端都建有高大的桥头堡，挡住了塞纳河上的风光。这座桥匠心独运，将美色尽纳眼中。

桥上的爱情，桥下的流水

我就这样走了，去追寻我的梦。事实上，我并不知道我做的那些梦到底在哪里，但我依然决定出发。我始终相信，那些在特定情况下出现的奇幻梦境：隐隐约约的旧桥、一棵孤独的树、辽阔的草原、血染的夕阳、奔流的溪水、绚丽的彩虹……所有生发的意象都是一种指引，而我知道，无论如何我必须奔赴，带着满身的疲惫和重重矛盾也必须奔赴。

就这样，我坐上了飞往欧洲的航班。

古老的佛罗伦萨浪漫、神秘。这里或许有我梦中出现的旧桥。但丁就是在这里，遇到了贝德尼采。他们相遇之时，该是桥上没什么人吧。他们眼神灼热，时空为之凝固。抑或，他们相遇之时，正是这桥上人流熙攘之际。他与她，万千人中必然要相遇。

命运没有眷顾他们。他们不能在一起，但丁才因此成就了自己的才华，写出《神曲》。

我咬着一颗梨进屋时，你刚刚调出《魂断佛罗伦萨》。我把梨递到你嘴上，你躲开。

黄昏中的托斯卡纳让人心醉。我看着橄榄树的银色树干，吃博斯克梨。我们从不分吃一个梨。因为那谐音为“离”。

水城威尼斯，桥自然不会少。最著名的是叹息桥。一个男人正准备赴死，世间一切即将随风而散。他不留恋别的，只留恋心里的恋人。世间一切，真是瞬间祸福。不久前，他还和她，经过这里。早期巴洛克风格的桥，封闭得很严实，只有向运河一侧有两扇小窗。男人攀着由许多八瓣菊花组合的精致窗棂，向下俯视。现实令人绝望啊。他的恋人，正在桥下刚刚过去的冈多拉上。没有对他忧思的神情，而是和新欢亲密低语。

里亚尔托桥是威尼斯本岛横跨大运河最宏伟的桥。莎士比亚曾在《威尼斯商人》中提及此桥。电影《情定日落桥》中，那座让人于日落时分互许终身的桥就是这里。

这个自古以来就被誉为“亚得里亚海王后”的水都，其水韵水致，蛊惑妖媚。远望它，仿佛一座海上仙宫。乘船行驶在大运河上，你会知道，什么是风景如画。而威尼斯的精髓，拐到小水巷时，方能真正领会。

此刻又能怎样？唯有一声叹息。叹息桥因此得名。

建于1603年的叹息桥，两端联结着威尼斯共和国总督府和威尼斯监狱，是古代由法院向监狱押送死囚的必经之路。据说，跨过了这座桥的囚犯，再不可能回到这世上。

我看着这精美的小石桥，想起你。你的新欢，预计在何时到达？

人有新欢，是故人心变，更因腾出了位置。

在这里，我最喜欢的是里亚尔托桥。这桥曾是木桥，在费拉拉的婚礼上因不堪看热闹人群的重负而坍塌，之后改成石桥了。据说，黄昏日落时分，在教堂的钟声敲响之际，相爱的人在这里相吻，则此生不再分离。

我只听过传说，没见过事实。

我原本以为剑桥是所大学，谁知是三十几所学院分散在约10万人的小镇里。

圣约翰学院这座浅黄色的桥，也叫叹息桥。很多年前，考试不及格的学生喜欢从这里投河自尽。后来学院请人将这座桥四周封起，成了如今的廊桥模样。

据说，它是徐志摩心中的"康桥"。

徐志摩外表倜傥，内心热情浪漫。认识林徽因后，他解除与前妻的婚姻。苦追林徽因不成，他改追已婚的陆小曼。婚后却发现，生活不似他想象。他对爱情不切实际，幻想太多，总被现实撞得头破血流。情感上的挫折，却成全了他文学上的成就。他的英年早逝，也成全了他的传奇。

爱，自由，美。徐志摩梦想这"三个理想的条件能够会合在一个人生里"。他35岁的一生，确实是诗化人生。我对他的勇敢执着，深怀敬意。

天崩地裂的爱情，跟时间无关，跟结局无关。

曾经的我对爱情怀抱着多么大的热忱和勇气，可一年多来遭遇的这些生离死别、分分合合，将我的心折损参半，似秋月摇摇欲坠的花瓣，逃不掉凋零颓败的命运，再难找回昔日的青春朝气。原谅我这样任性地逃离现在的生活，不顾一切地去追求所谓的美好。是真的没有办法和自己达成和解，和世界达成和解。我想，或许人的一生，在某一刻需要一种理所当然的停顿，为了了悟生命，或仅仅只为给自己一次去寻找自己、看清自己的机会。我就是带着这样孤绝冷清的执念和决心上路的，试图躲开这尘世的扰扰攘攘，却又矢心将这一切看得透彻。

巴黎的塞纳河上有两座“锁爱桥”，最著名的是连接左岸和罗浮宫的“艺术桥”。各国情侣把连心锁锁在桥栏围栏上，希望让爱永久不灭。这一把把的锁，又锁住了多少爱恋、誓言？又有多少，仅仅只是一时的勇气？

塞纳河上的桥，我最喜欢新桥。许是因了那《新桥恋人》。朱丽叶·比诺什演的富家女，在巴黎街头狂奔。爱得太多太狂，都会接近崩溃。富家女，不顾失明的危险，发疯般地去找大提琴手。与她相遇在新桥上的流浪汉，为她，用枪轰了自己的手。

最后，烟花绽放的圣诞夜，他们又在桥上相逢。他们真的能在一起吗？桥上的爱情，其实和桥下的流水一样易逝。那些经典，选择的，不过是一个时间段。

往事奔涌而来，想也想不清楚。“不如来跳舞。”我还记得你的男中音飘至我耳边的情景。我不明白时，总去你那里找答案。现在，我的问题是关于你的。我离开得毅然决然，现在却时有犹疑和不安。因为我把爱情放在最危险的境地。距离、时间，都是致命的。虽然我也存着小小的侥幸：是否你握得越紧，爱情就越牢呢？

黄昏的断桥充满诗情画意。这罗纳河上，亚维农的断桥，因为不全，才与众不同。

别谈爱情，“在亚维农的桥上，让我们跳舞。在亚维农的桥上，让我们围着圆圈跳舞……”

在阳台上观望，从站台出发

意大利老城维罗纳。香草广场的一角，是朱丽叶的故居。13世纪的古老建筑，在阴郁的天空下显得有些忧伤。我也跟那些游客一样，到阳台上一站。那是朱丽叶当年伫立的地方，秋天的落叶正瑟瑟而下。我印象中，秋天总是一闪而逝。这两年的秋天，却格外漫长。

还记得，秋天，劳动课上，我们摘柿子。你们男生爬到高高的树上，我们女生，在树下坐等。我们没有全部上交，偷了一些回宿舍。我们不会“漤柿子”，那涩得难以下咽的柿子，后来都扔了。

生活中，又有多少东西是你占有了，却没有用的呢？

庭院里，朱丽叶塑像的右胸锃亮。传说，触摸这里能带来美好爱情。

我找到过四叶草，也找到过六瓣丁香。我的罗密欧在哪里？那个十八岁的四月，我从六瓣丁香的阵阵芳香里抬头，看到的不是别人，是你，向我走来。

我喜欢瓦格纳的音乐，我更叹服路德维希二世追求的执着。我怀着静谧的感动，走在这里，因为新天鹅堡而为世人熟知的富森，是德国“浪漫大道”的终点。

从今天的“国王的宫殿”的阳台望出去，巴伐利亚的闲适村景、阿尔卑斯山的温情环抱，这一切迷人而浪漫。而清透的阿尔卑斯湖和天鹅湖，更是将这一切幻映得如烟如梦，美如仙境。

路德维希青梅竹马的恋人世人皆知，她就是著名的茜茜公主。造化弄人，一次意外的旅行，改变了两人的命运。茜茜嫁给奥匈帝国皇帝后，路德维希终生郁郁寡欢。

我们有第一个家时，不顾高层难擦玻璃的事实，讥笑邻居们的玻璃蒙着厚灰。我们把玻璃擦得像我们年轻的心一样明亮。

夕阳下的铁轨。

我们清空杂物，只放两把太师椅、一个小茶几、一盆巴西木。

我们选了又选，选回美丽的花布做阳台的窗帘。我们经常在阳台上看风景。20层，可以看到黛色西山。上学时，我们都是骑车去那里。

我收集风铃。你有梦，别人便会成全你。聚会来的同学，把自己从南美带回的紫晶风铃送我。风过时，风铃叮当。

狭长的阳台，船一般，带我们驶入遐想的自由。

不知从何时起，我们擦玻璃的频率慢下来。我们的玻璃，也终于和邻居们一样了。

我想起贾樟珂的《站台》。

我采访他的那天，他刚从纽约回来，还不曾倒时差。

平常中的尖锐和敏感。尘土般卑微的生命，却充满梦想。但囿于环境、自身，他们也走不了太远。就像崔明亮，走了，又回来。也像尹瑞娟的舞蹈。她在一间幽暗的办公室里，随着音乐起舞。纪实般的描述，黑暗中的舞者，在我看来，却有寓意。他们有梦想，可他们和那个梦想的世界，还是有距离的。他们到达不了那里。没有火车能去那里。所以，他们只能站在自己假想的站台。

雨中闪亮的铁轨。行李箱。

再见，小苏西。别把忧伤带进别离，而把它谱成曼妙一曲。

我们都做勇敢的牛蒡花。

你一定和我一样，认为哈姆雷特的故事是发生在英国吧？不，是在丹麦。从哥本哈根乘船，我来到西兰半岛的边境城市赫尔辛格。你看那绿顶的神秘克伦堡，它才是《哈姆雷特》的发生地。就是在这里，他问出：生存还是毁灭，这是个值得考虑的问题。

生存还是毁灭？约瑟回答了。他把剑刺进卡门的胸膛。

西班牙塞维利亚——弗拉门戈舞的故乡。那火热、夸张的长裙，卷裹着卡门的热情和忧伤。

流传下来的爱情，多以悲剧收场。

生存还是毁灭？乔尔乔内，最能体现威尼斯画派精髓的人，不顾死亡阻挡，去奔赴一个女人的爱情。他被那女人传染了，他们双双赴死，他年仅34岁。

他们有辉煌的爱情和死亡。他们已挣脱出时间。

我们尘世间每一个平凡的人，只有当困厄击中自己时，才会想生存这些类似哲学的问题。

那一日，我把姥姥火化后的遗骨，捡到红绒布的小袋子里，无法承认这就是姥姥。她去了哪里？回到她来的地方了吗？我又是谁，在何时，等到这相同的结局？人世走一遭，有什么意义呢？我们都是目的不明的匆匆来者，急急地来这世上走这么一遭，无尽空茫。

欧洲有典雅、精致、令人叹为观止的教堂和广场。但是，似乎并没有我要寻找的梦，以及那不被现实左右的奇异。欧洲有经典，有传说。但那都是很久以前了。欧洲早已消失了新奇、冒险，消失了激情。几百年前，他们的祖先就开始寻找新大陆了。

我的眼光越过直布罗陀海峡，望向非洲。我要去那里，寻找我的梦，这是我给予自己生命的意义。

内罗毕，初照的阳光

我真是在飞往非洲吗？我恍惚。非洲能带给我什么？我犹疑，而又期盼。在30000英尺的高度上看，一切都变了。都有什么能经得起时空的转换？身体一静下来，思维便开始活跃。

我把莫狄阿诺的书拿出来。那是你帮我找来的书。“我飘飘无所适，不过幽幽一身影。”

疲倦还是席卷而来，我把头顶的灯按灭。

这样的夜里，你在初照的阳光下忙什么呢？每天，当我有时间概念，我便加上若干小时。

旅行中的睡眠都是间断的。当我睁开眼睛，把舷窗上的小板推上去，我看到个圆东西，大大的，浓黄色。一瞬间，分不清是太阳还是月亮。

有天早上我醒来，突然觉得天上的那个圆东西，白天叫太阳，晚上叫月亮。我想想便罢了，我还去问你。去年开始，我对好多东西突然迷惑起来。

好多东西，多想无用。简单明了，就是它原本的样子。

大圆东西的对面，蓝灰色的天上，聚拢着黑灰的云。

下飞机。一个室外的大台阶通向候机大厅。穿制服的黑女人带着早上的笑容说：早上好，旅途愉快吗？

我也给她早上的笑容，递给她黄皮书。

走出候机大厅，看到那么多黑人，我有些傻了。怎么都像是坏人？

清新、自由的空气吹拂过来，让我忽略自己带着怕意的惊异。微凉的风，带着陌生的气息扑面而来。

我再见你，会不会也开始陌生？

广袤的大地，覆盖着高原之草，零星点缀着树。蓝天和乌云交汇出各种色彩。车子飞速前行，我回身扭头望。我身后，乌云缀上了金边，那是太阳升起的地方。慢慢地，太阳把乌云推开了一些距离。我前方，天空已经呈现

30000 英尺高空下的非洲。

内罗毕郊外。

出清明的蓝色。

近几日，我沉浸在莫狄阿诺的主人公们人生碎片的拼贴中，暗淡下来的心情，突然开始有了些明亮的色彩。

树多起来，路纵横起来，立交桥出现了，行人出现了，城市现出它的面貌。

太阳升起来，金灿灿的，照着内罗毕清晨的一切。

太阳高高地照着，8 点多的太阳，却像是 10 点多。

我站在窗前。

东非人衣着朴素，这是英属殖民地的传统。这些朴素的人带着他们的影子在走。人都是黑的，不细看，分不清哪是身子，哪是影子。

我和你如影随形的日子，是不是不会再重来？

那些走动的身影慢慢有了色彩，不很鲜亮的色彩。正午，他们的影子缩在他们脚下。天上，是高原浓厚的云。

我想下去，我犹豫着。我终于来到了非洲，可是，我不敢下楼。来这之前我被告知：内罗毕太乱，千万别一个人出去。是的，这海明威时代就是国际大都会的内罗毕，赌场遍布，暴力抢劫极多。很多中国人就是受不了这里的治安才转赴非洲别国。

一小时后，我抑制不了出去看看的念头了。

好像是什么节日吧，街上的人很多。一个个摩肩接踵，缓缓而行。

街上没有交通信号灯，车、人都随意走。两天后我问旅行社的司机。他说内罗毕原来有信号灯，后来都坏了；没钱，再也没修。

对比不再修复的信号灯，我更见过很多不修复的爱情。重新开始新爱真会为生活注入活力吗？我可不想把缺点再暴露在另一个人面前。可是，即使如此处处思念你，我对你还是不敢确定。我们的爱，到底走向何方，我一片迷惘。

几千几万人，都是黑人。他们或停下忙碌的双手，或停下走动的脚，用齐刷刷的目光看着不同于他们的我。朴素的一大片中，着装艳丽的我，光看看也就罢了，那些小伙子还跟我说话，叫喊。我跟很多人微笑。微笑，是表示友好，更是为了保持距离。微笑是为了保持距离？我又疑惑起来，严肃起面孔。我开始害怕，怕有什么不妥，担心他们马上就会向我扑来。

我走在车辆靠左侧行驶的路上，我走在没有信号灯的路上，我的鞋是不太合脚的鞋。一小时下来，我有些迷糊了。

我越转越晕，感觉自己马上就要昏倒。

解决不了问题时，不妨停下来。我把自己的忧虑暂且放下，假装大大方方地坐在马路牙子上。

人的心情，是可以自己调节的。我假装放松下来，谁知，真就放松下来了。

有人过来跟我说“卡日布”。我搭话了，我说，“什么意思？”那人笑了，说“Welcome”。

好几人围上来问：“你从哪里来？”“在这里待多久？”

对话打消了恐惧。说着说着，我竟然提出，“你们能送我回酒店吗？”

非洲让我领教的热情，从这里开始。我听到的是他们热情悦耳的声音：“当然，没问题。”

但我马上后悔了。他们不会趁机把我拐骗走吧？

当我看到酒店，我对自己刚才的想法，心生愧疚。

这三人，像早上初照的阳光一样，让我心生明丽。

我道谢。他们中的一人说“Hakuna Matata”。我问什么意思。他说“没事”。

水中的银河

出发去Safari Park Hotel。

晚上，是满天的白云！月亮附近的那些甚至是透明的。月亮大大的，亮亮的，高高的，清透而圆满。高原的月夜如此高洁、清美。

一个庭院式酒店。在绿树环绕之间，在亭榭水廊之间，一座座餐厅都是高高的，尖顶的。云彩聚拢在庭院的天空上，像是被邀请来的客人。一会儿，云彩更低了一些，在繁茂的高树间穿梭。

谁说月朗星稀？现在的天空，月亮如此明朗，星星却很多。它们亮亮的，眨着眼睛，是我小时候望到的那种星星。成年之后，我只和你，在北戴河的夜里看到过它们。

Nyama Choma Ranch——内罗毕最有趣的非洲餐厅。

红色花边的石头台阶。带尖顶罩的灯，照着奇花异草。

这里四季温差变化不大，不需要门。

几百平方米的地板上散坐着客人。在舞台的左下方，黑人乐队在演唱。我往里走。

大厅6个巨大石柱的两边都挂着灯。铁的，中间打着小孔。

我的左边对着餐厅，右边对着院子。我偶尔抬头，看到树上挂满了星星。我以为我看错了。再看，还是。我冲出去。

你还记得21岁生日，你送我的礼物吗？一棵挂满星星的树。我从来没有梦到过它，但今天，我仿佛看到了它的现实版。

木头餐桌，木头托盘。蓝色的烛台，烛光跳跃。我点了芒果汁。当地的啤酒是Tusker。

内罗毕的夜空。

红衣的服务生过来，右手拿刀，左手拿一根长铁，上面绑着烤肉，跟北京的巴西烤肉差不多，只是品种要多得多。刚开始上来一种肉时还问。年轻的服务生说了半天，我没有听清，他就改用中文说：斑马。

又是羚羊又是角马又是鸵鸟的。它们在草原上时能分清，现在变成肉了，一点也分辨不出。味道也不特别好。人吃这些到底是为什么？就为了尝鲜吗？

台上的演出，没有中间的停息，一个接一个。整个演出除了一只鼓外没有别的乐器，都是人声伴奏，分很多声部，美妙的快节奏。基本都是欢快的歌，只有一个节奏稍慢，我还以为是抒情歌呢，结果没过几十秒，那女人就“刷”地蹦到了那男人的身上。

很多人都跑过去跳舞，在乐队前面。我也过去，结果发现比他们高一头。原来都是孩子。

第二天晚上没有月光。我没有走远，就在酒店的游泳池里游泳。一棵三层楼高的鸡蛋花树站在池边。微风过，满池香。

当我累了，停下来。我看到了水中的银河！

“你看，你看。”我习惯性地这么说。

我回头，你不在。你已在万里之外。

我奔涌的心情，因这一回头而有了起伏。

我不敢动，怕这银河消失。它还是消失了。水中，一只鸟飞离的身影。

水面又慢慢恢复了平静。非洲的天空，让银河如此清晰。即便在水中，都如此清冽。它遥远，又近在眼前。它耀眼，又神秘。它好像是你，又回到了我们相爱之前。有不解其意的神妙，也有不能相触的哀伤。

我沐浴着银河的星辉，因为不敢动，而浑身颤抖。

清波微漾，是我的眼泪滴落其中，还是一朵鸡蛋花落下？我吸鼻子，闻到一片芬芳。

内蒙古有一条非常神秘的小河，极窄。但不管周围怎么变化，四季如何变迁，它永远不会消失。我多希望你像那河，在世事纷繁的变化中，为我保留一份永存。这又是多么奢侈的希望。它离开了守护，还不肆意狂奔?

内罗毕的起源也与河有关。1891 年，英殖民者开始修建从蒙巴萨到乌干达的铁路。原因众所周知。为了加速掠夺东非内地的资源，路修到一半，他们在阿西草原的一条小河边建立了一个营地。这小河被此地放牧的马赛人称为“冷水”，翻译过来就是内罗毕。

“人类已经在肯尼亚地区活动居住了 450 多万年。我们的各种土生文化，受到其赖以生息的大地的塑造，获得各种外来文化的充实，从进行香料贸易的阿拉伯三角帆船，到首次到达的殖民探险，逐渐成长为独立的社会。”昨天在 Safari Park Hotel，我听到导游对一群英国人说。

今天想来，有另外的含义。你我成为今天的你我，也因彼此的塑造。

“你们在肯尼亚，到处都可以听人说卡日布（‘欢迎’的意思）。我们的过去，是一段充满变化和色彩缤纷的历史，一个多种民族和文化交汇融合的漫长故事。”

当我充满变化地回去，你还会不会跟我说欢迎?

晚上，我做了一个梦。梦到我的房子在悬崖之上。底下可是万丈深渊啊，我却还是没有抑制住自己。我看到下面的山谷，鲜花遍生，彩蝶纷飞、恍若仙境。

二

非洲给我此生的礼物

在非洲，我看到了树顶上的旅馆，300万只火烈鸟在翩翩起舞，凯伦的故居，我恍若梦境般穿行。马赛马拉，狂野非洲的宁静时分。纳瓦沙湖，晨间给了我昭示。晨雾遮断了翅膀，这让我们飞翔得更用力。抬头致意，为新的一天。这失序、混乱，都是上天给我们的礼物，就像命运给了凯伦非洲。

失去带来的所得

还记得看完卡尔维诺《树上的男爵》后，我告诉你，我梦想能在树上住一晚。你不知从哪里弄张吊床。晚上 11 点半，我们来到楼下街心公园，做贼一样，你把吊床给我拴在两棵槐树之间。“你睡哪里？”你变戏法一样，拿出充气睡袋。这该是个多浪漫的夜晚啊。可是，吊床太差，我总是从上面掉下来，三分钟都坚持不了。

我们想回家。可楼门，12 点就上锁了。

今天，我终于住到了“树顶”。这是世界上第一个建在树上的旅馆。楼的正中，坐落在 Ekebergia Capensis 树上，其他的地方都是在高高的木桩上。木制小楼，楼面贴的都是树皮。

1932 年，英国沃克夫妇在动物常去的水塘边建它时，是为了在树上观察野生动物。那时，它默默无闻。20 年后，英国伊丽莎白公主和新婚丈夫环球旅行。5 天肯尼亚之行，肯尼亚送给其宗主国公主的礼物就是这树顶小屋。2 月 5 日，伊丽莎白上树。这天夜里，她患严重肺癌的父亲乔治六世去世。2 月 6 日，伊丽莎白从“树上”下来，就成了英国女王。一夜之间，她从公主变成女王。是的，一夜之间，很多东西都会改变。

我患严重肺癌的父亲奇迹般病愈了。我从树顶下来，还是我。

鸟儿飞临黄昏的水塘。猴子把脑袋探进湖里喝水。野猪吃起草来呜呜响。

夜幕降临。大象过来舔盐。犀牛望月。

野生动物园，一切纯真。

Treetop 的宣传语是：Like the first time, everytime.怎么样，你也喜欢吧？

进“树顶”前后，我被安排在 OUTSPAN 酒店休息。我望着不远处黛色的肯尼亚山，和孔雀一起吃早餐。

曾经，我和你总去百鸟园。在那里，游人可以骑鸵鸟。我怕自己太重，压坏它。我更喜欢看到的是它们在无边的荒野，自由地奔跑。

我们都喜欢火烈鸟的英语发音：佛拉明勾。那么明朗、亮丽。

关于它的色彩，我们没交流过。你一定和我一样，认为火烈鸟是火红的吧？不，是粉色的。

除了头，它们全身粉红。它们飞起来时，两个翅膀上有红色的花斑。它们走路的样子最有意思了：急急的，像是去赴约。它们几个一起走路的样子，就像是竞走比赛。它们也围成一圈跳舞。美极了！

纳库鲁湖，这火烈鸟的故乡，有350万只火烈鸟，数目惊人。我最开始还以为是粉色的云围绕着蓝色的湖。我真是迷惑了。云影，怎么会是彩色的？突然，有什么从那粉红色中飞起来。粉红色的翅膀。天呀，原来这就是火烈鸟。我意识到这点时，心里狂跳，和那个春天，在丁香树下见你一样。

有辆车陷进泥地里了。我的司机莫里斯，没跟我说一声，私自学雷锋，帮他们。刚开始，那对儿白人男女不动，只有莫里斯在大雨里忙。后来男人下来了。后来女人也下来了。我也下来了，用我刚买的非洲小木铲子帮他们挖泥。

上天给了我好馈赠。落日红霞中，数万只火烈鸟振翅起舞，湖水倒映这一切，奇美如幻。

如果我的行程不被他们的意外耽误，我无幸看到这一切。他们是加拿大人，女人在这里工作，男人奔赴千万里来看他的爱人。会有那么一天吗？你来非洲看我？

莫里斯说，这几年暴雨，火烈鸟的家都被冲毁了，妈妈们产下的蛋，都被大雨冲走。但是来年，她们还是会回到这里产卵，孵化。“你看到这些小小的火烈鸟，”莫里斯激动地说：“它们可是这几年来，第一批诞生的小生命。”

纳库鲁湖上的火烈鸟，数目惊人。

“我在非洲有一个农场，就在贡嘎山下。”

只这一句，你就知道我说的是哪里吧？是的，我就在这贡嘎山下，凯伦的故居。

房间基本保持着原貌，客厅里那张精制的豹皮，是电影《走出非洲》的道具。凯伦把原件送给了丹麦国王。

还记得那天我们一起看这电影时的情景，开电视时，影片已演到这里：在烛光的照耀下，凯伦向丹尼斯敞开心扉。彼时，我们的房间，其实也点着蜡烛。但你已经进入影片，没有看我们的烛火。我看眼烛光中你英俊的脸，心想“有这样的你日日守候在我身边，我是死也甘愿的。”

没想到的是，几年后，当我站在这影片的外景地，凯伦生活了 17 年的地方时，我可能正在失去你。淡漠、生疏、遗忘，我们会不会像两颗星球，各入自己的轨道，再无交集，从此沉入宇宙深邃的寂寞?

我是现在回到你身边，还是将那安抚心灵的迷梦，变成寻求意义的旅程?

他从狮子的攻击下救了她，他为她洗发。

你也曾为我洗头发。我的发浓密，及腰。你说“好像洗黑毛衣”。

“他竟然在旅途中带了留声机，三支步枪，一个月的给养，还有莫扎特。”

我想起莫扎特。之前我去他的故居时，听人讲，莫扎特穷时，煤都买不起。冬天太冷，他就和爱人在房间里跳舞取暖。分开爱情的，往往不是贫困，是别的什么。

凯伦和那飞行员两心相印，却时合时分。他们要的东西不一样。她要爱情的结局，婚姻，占有。而他更想要自由。

现实终止了他们间的纠缠。从蒙巴萨回内罗毕时，飞机失事了。

在多少年的时光中，丹尼斯还出现在凯伦的梦中？已经永远无法知晓了。

凯伦故居。

《走出非洲》作者故居，往事已模糊。

我们知道的是，凯伦开始了别样的人生，顽强幸福的写作人生。在动了几次大手术后，在瘫痪中，在进食困难体重下降到35公斤的情况下，她仍然顽强地写着。1962年，在最爱的人辞世31年后，凯伦离开了。

书房里有很多大照片。

我看着凯伦包着头巾的青春的脸，我看着凯伦长满瘢痕色衰的脸。我不愿相信她们是同一个人。我更不愿相信，在非洲耀眼的阳光下笑过哭过的凯伦早已不知烟消云散于何处。

这是芸芸众生的常态？这是我们欢笑泪水必然归之的虚无？不是，不是呵。凯伦让我们关注的是终结，作为一个整体的终结。关于生存的完整性，是凯伦全部的创作主题。是的，她更多地表达给我们的是这样的信息——我们当中的每一个人都一定能感觉到：我的生活，这独特的东西，是多么的丰富与玄妙。

大院子里，繁茂花树下有咖啡座。一个英国女人泪流满面。我问需要帮助吗？她说不用。“我是失意，才来看凯伦的，但现在，我感受的是人生的美好。”

我恍若梦境般的穿行，也在今天突然明朗起来。

在我因东非高原的蓝天和白云而感到人生辽阔的今天，我突然想，我即使这么年轻就去世也没什么。我已有幸走过这蓝色星球的朝暮。在死前，我要说，我曾是多么热爱这个世界；现在，仍然爱。

而那些有幸绕过人生事故的人们，我愿意他们进入生活的更远处。快乐、美满。

我更希望人们能走出人生的事故，像凯伦一样。

在黄昏的非洲草原

这是面积1800平方公里的马赛马拉，位于肯尼亚和坦桑尼亚交界处，世界上最大的野生动物园。

那么蓝的天，那么浓厚却洁白的云，这草原壮美异常。

不管有怎样的郁闷，这辽阔都会把它们一扫而光。

美丽的羚羊，温柔、灵秀而沉静。头顶花冠的皇冠鸟悠闲举步。狒狒在香肠树上摘香肠样的果子。转角牛羚慢慢地走着。猎豹无声地跃起，箭一般冲向猎物……

青山之上，飘起了彩色的热气球。它们慢悠悠地升上了高原的蓝天。草原上的雨说来就来。在急雨中，高大的黑象庄严地走着。迎着雨，迎着风，一步步，一步步，骄傲而从容。它走过了小路，走到那边的草原，消失在无尽的苍茫中。

云开雾散。在两条阴灰色的云中间，有一片彩色的天空。绿的、蓝的、紫的、粉的……我见过七色的彩虹，还没有见过这七色的天空。在这彩色的天空下，在太阳重新露出光芒前，原野上的草静静地顶着雨露，黄羽毛的织布鸟飞落在树枝像云一样的树上。

骄傲的狮子扭着屁股，根本不看围堵过来的游客。这时，你会明白，为什么它们是草原之王。我们人类，都不在它们的眼睛里。

每座山的后面，都有彩色的云，分不清哪边是落日。除非向后仔细看，才能分清。在最美的云霞后，太阳落下了，非洲大草原壮丽的白天要结束了。

就在这时，你知道我看到什么了吗？我看到了一棵红树。和我梦到的一模一样。我的眼泪翻涌而出。

我长久地凝望着它。它其实不是红树，它只是沐浴在华丽无比的夕阳里。

狂野非洲的宁静时分。

那光芒，华美之极，和我的梦境，何其相似！

它有如盖的树冠，却也亭亭玉立。

我问导游莫里斯那树的英文名字，记在笔记本上。

听出我的声音有变，莫里斯说："很多人是因为生活不如意才来这里寻求改变。就像《乞力马扎罗的雪》中那个男人一样。"

我知道我此时再说话，会惹出更多的泪水。我沉默了。

他说："你愿意听我讲一个故事吗？"

萨乌塔曾经是一名体育健将，一次触电，使他失去了左臂。他没能成为体坛上耀眼的新星。大学毕业后，因为残疾，他只能回家乡姆维蒂拉小镇当一名普通的邮递员。每天，用独臂慢腾腾骑车，把报纸、信分发出去。身体病痛残破，心灵自然受损。他感觉自己被上天抛弃了，他打不起精神，每天酗酒。

一个春天的早上，他推门，被眼前的景象吓了一跳。在他家的院子里，躺着一大一小两头斑马。大斑马已经死了，小斑马还在妈妈身上吮吸。因为周围是卡鲁戈戈尼野生动物园，所以镇上的人经常能见到野生动物。

这时萨乌塔发现小斑马也身受重伤。随后赶来的兽医给它腿部做了接骨手术，说它四个月都站不起来。

自由自在的野生斑马在家里养，自然不是简单事。但把它重新放回草原，萨乌塔心有不忍。那么重的伤，它一定马上沦为猛兽的猎物。它的伤，让他触碰到自己心底和身体上的隐痛。

萨乌塔每天给小斑马按摩。在月光如水的夜晚，给它唱非洲小夜曲。慢慢地，小斑马不再敌视他，和他开始亲热起来。

三个月后，小斑马的伤口愈合了，也比从前高大了。

萨乌塔决定把它送回自由的草原。

兽医警告说，因为它病伤太久，右后腿的肌肉开始僵硬，更因为心里恐惧，离真正能快速奔跑，还有漫长的适应期。萨乌塔没听劝阻，把小斑马送回到斑马群中。

你知道接下来发生什么了吗？就像我给你讲过的《色彩缤纷的鸟》一样。当它带着自己独特的经历返回到群中时，它遭到了大家的强烈排斥。小斑马恐惧，重新回到萨乌塔身边。

看着它眼里的伤心泪水，萨乌塔决定，一定要帮它重新回到草原。他给它起了名字——坦波鲁，当地土语的意思是勇士。从此，一有时间，萨乌塔就带坦波鲁到草原上训练奔跑。

一开始，他骑车能跑在它前面。两个星期后，坦波鲁即使瘸腿奔跑，也能把他甩在后面。

因为总等萨乌塔，坦波鲁的速度上不来了。为了让它快起来，他必须快起来。他感觉自己好像重回赛场。当然，他付出了不小的代价，经常连人带车翻倒。

两个多月后，萨乌塔可以用独臂快速地骑自行车了，坦波鲁的右后腿已可以轻微地接触地面了。

一个星期天的上午，他们训练时，路遇狮子。在紧逼的死亡面前，他们都超越了极限。坦波鲁的右后腿完全看不出有任何残疾的迹象！萨乌塔独臂骑车的速度，也令正巧经过，用枪吓跑狮子解救他们的人惊异。“勇敢的小伙子，你完全有能力去参加体育比赛！”

两年后，萨乌塔参加残疾人自行车越野赛。当他骑到卡鲁戈戈尼大草原的简易公路时，一匹雄壮的斑马从斑马群中冲出，与他并肩驰骋。

它那样优雅矫健，它喷出的响鼻让他感到那么熟悉温暖。他知道它是坦波鲁！他感觉自己像注入了无尽的力量。他感觉自己就像在原野上自由奔跑的野马。他最终取得了第二名……

我不知何时流下的眼泪，都到了脖子上。爸爸被确认为癌症后，弟弟哭过，妈妈哭过。爸爸自己，也低声哭过一回。但我从来没有。我总把乐观坚强的一面展现给他们。今天，在非洲日暮的草原上，我泣不成声，眼泪纵横。

“任何身心上的伤痛，都不可能把一个人真正击倒。只要对自己充满信心，勇敢地正视一切困难，生命就可以像骏马一样奔腾不息！”

他的男中音坚强有力，却也像小夜曲一样温柔动人。

回到 Sopa 山林小屋，我找出快译通。它给出的答案让我怔在那里！那树不是别的树，正是我梦中红树的名字——合欢树！我的眼泪，又一次奔涌而出。

在我出发一年零八个月后，终于，我似乎看到了我的梦！你为我高兴吗？

不仅如此，莫里斯的故事，也仿佛为我注入了能量。

早间的快乐

我在英国喝下午茶时，总会想：西方茶已经没有了茶叶冲腾、沉浮、静卧的过程。它们只是成品袋中冲出的一杯。虽也温润，却少了品赏之味。快捷的现代社会，正将一切程式化。现代的浪漫，都有做作之嫌，脱离原本自然的表达。

英国的红茶，几乎都来自肯尼亚。

肯尼亚是世界第二大红茶生产和出口大国。其红茶享誉全球，茶汤品质极高，被认为是世界上最好的饮料。

早间，我走在基姆贝图茶园，起伏的山坡，茶树郁郁青青。阵阵清香随风而过，空气里有我还不习惯的湿润。

此时，你若是见了我，不一定认得出。我学当地女人，用一根布条把竹筐吊在脑后。轻巧快速地采摘茶树最顶端的一两片嫩尖，然后放进筐里。茶叶在手上的时间太长，会影响茶叶的品质。

带着水珠的嫩绿茶芽，让我的心愉悦甜美。虽然此时，银灰的天空，正笼罩着茶园。

一小时后，我们要把筐中松散堆积的茶叶送去初加工，阳光炙烤，能使茶叶氧化。

那时，我们没有车，却总爱外出游玩。车上没座，多挤都无所谓。去凤凰岭，换了四趟车。到了第四辆车时，我们才有座位。车里空间疏阔，车在郊区奔驰起来，心里真是畅快。随后又坐了小蹦子，才到目的地。

那是我第一次采摘樱桃。每人要收 50 元。你说不喜欢樱桃，坚持让我一个人进去。我知道，你是觉得50块钱太贵了。我中学时在米卡家里摘过樱桃。我家乡的樱桃很软，采摘稍有不慎，就会破，可比采茶小心多了。我和米卡在树下，边摘边吃。临了，她妈妈用纸给我做个小兜，让我给家人带回一些。我一路小心，可到家，红浆已经将纸兜浸湿。后来市场上见的，都是结结实实的美国大樱桃了。

满山的樱桃树让人喜悦。又随便摘，随便吃，真叫人高兴。只是，惦记外面的你。我只好出来，给你带允许带出的一斤。你擦都不擦，一个接一个扔进嘴里，边吃边说真好吃，真好吃。

出樱桃园不远，有棵高高的桑葚树，紫红的果子挂满枝头。你爬上树，摘了半塑料袋。不舍得吃，带回家去。桑葚更娇弱，到家发现塑料袋里，一半都坏了。

后来我们还摘过桃、葡萄。只是，再没有和米卡，边摘边说笑，看流云和风的日子。因为限时，便难从容。

大块的云飘浮着，起伏的茶园呈现不同的绿色。劳动的快乐充满我的心扉。我想起了“小喜鹊造新房，小蜜蜂采蜜糖”。

我也想起 Hakuna Matata（哈库拉马塔塔）。你听着，是否耳熟？是的，它就是曾经在《狮子王》和《嘭嘭丁满历险记》里出现过的。在内罗毕，人家第一次告诉我，它的意思是“没事”。现在，另外有人告诉我它的意思是：没有烦恼。反正都一样吧。

这里的茶树四季常青。六七月，茶农平均每两三周采摘一次；采茶的黄金季在 10 月，五六天便有一次“丰收”。

“听说你们亚洲国家的人，喜欢在稍粗的红茶里加入其他调料。”总在我身边的莎宾娜说。

我说中国没有，印度有。

“肯尼亚人和英国人一样，喜欢冲泡细如粉末的红茶。”

我随后还知道，索马里人喜欢将茶叶梗含在嘴里。

肯尼亚的茶产业发展不过百年历史。为什么它能在短短一个世纪中迅速崛起？在于其敢于创新和挑战。1927 年，肯尼亚茶叶首次在英国伦敦拍卖市场销售；1956 年，肯尼亚人在首都内罗毕成立了自己的茶叶中心，来挑战伦敦拍卖市场的权威。

人也要有，挑战自我的勇气。

纳瓦莎湖。这是东非大裂谷唯一的淡水湖，是河马及鱼鹰的故乡。

Lake Naivasha Sopa，不愧有着全球 10 大 Lodge 的美誉。当我推窗的那刻，我的心里立刻疏朗愉悦。我们有多久，没开窗看外面的风景了？

还记得我们去灵山那次吗？那时太年轻，什么都不准备。进山里，甚至不带长袖衣服。早起，我真是冻死了。我把热水灌进矿泉水瓶子。水太热，瓶子一下变形了。那种突然改变，也是瓶子对命运的无力吧？

我一路行走，抱着瓶子，直到太阳升起。

很多时候，是两种，甚至更多感觉左右一个人。我是感觉冷，可也感觉昏沉。我忘记是走了多久，才真正清醒过来。

现在我开始早起。稍微改变一下，你就会有所发现。

晨间也给了我昭示。

我看见一大群鸟儿在晨雾里飞翔。我想：晨雾遮断了翅膀，那让我们飞翔得更用力。

一只小鸟，把嘴里衔着的树枝丢了。它在空中返身。那树枝一定落在不远处。我的思维像我的镜头一样快速。我想：我们所丢失的，其实离我们并不远。我们所做的，只是再一次起飞。

一只野鸭，张开双臂。它面前，太阳正升起。我想：抬头致意，为新的一天。

这失序、混乱，也可能是上天给我的礼物，就像命运给了凯伦非洲。

基姆贝图茶园，郁郁青青的茶树。

清晨的纳瓦莎湖，缥缈似海市蜃楼。

三

推窗看见乞力马扎罗

记得，我们一起看《乞力马扎罗的雪》时，你朗诵，并扮演那个濒死的男人。你说，有朝一日，我们要携手攀登乞力马扎罗山。因是你心中的圣山，它也开始被我向往。而今，我身在坦桑尼亚，直奔乞力马扎罗。我终于看到了那曾被我们期待的乞力马扎罗的雪。多少人说过的有朝一日，从未到来。梦想实现了，一起做梦的人，没有了。

“人可以被毁灭，但不能被打败”

可以说，你模仿《乞力马扎罗的雪》中那男人，让我感觉颇像。你一定是揣摩了。但是，没有亲临，你还是无法真正感受一个人知道死亡来临时那种感觉。

每个人也不尽相同。和爸爸同屋的C，和家人发脾气，催他们：“赶紧把家里多余的那套房子卖了！把我自己的那份钱分给我。我现在就要享乐！”找完家人的碴，便开始抱怨医生、护士对他不好。他姐姐说，“他们看惯这一切，怎么会对你好？怎么样算对你好？”

一个人战胜疾病，最主要的，还是靠心灵的力量。他的心灵被打败了，他的身体自然委顿下来。

爸爸本来很胖，得了癌症后已经瘦了下来。为了不让我们担心，他时不时笑一下。可他的笑，多么惨淡啊。我把暗沉的声音压下去，高亮地说：“爸，没事，你运气一向很好。妈不是算过命吗，你是松柏树的命，怎么折腾，都不落叶。”

爸爸的脸上，笑容一闪。这笑容，是心灰意冷，是风将吹灭残烛。

我们身心都是由某种力量支撑住的。我们有才学，才可能谈笑风生。我们慧心无我，才能笑看生死。智慧、财富、地位、容貌……我们得有，才能自信。一个人要快乐，他首先得有健康。

在医院时认识了得癌症的摄影家S。S身上已经几乎没有能下针的地方了。每次给她打针，对护士都是折磨，大家谁也不愿去，最后只能抓阄。她每次会微笑，鼓励护士。虽然那么大的汗珠从脸上下来，她却总是说“没事，不痛”。没有亲人分担她的痛苦。她隐瞒病情。80多岁的老父母还以为她在外地拍片。反正她一拍片，就是一年半载不回来。

同样患癌症，S帮助别人，鼓励他们，给他们唱歌，说笑话。只要她在，病房就永远充满笑声。

面对死亡的态度，更能看出一个人情操的高下。看着她，我也想起海明威的名言："人可以被毁灭，但不能被打败。"

只有一次她情绪反常。她同屋有一个女人，得癌症后丈夫马上提出离婚。那天，他有事来医院。一向温和的S，率众女人打他。

S的长发曾和我一样及腰。可是因为化疗，头发都掉光了。化疗结束后，长出的新发，却是白发了。我看她从前的照片，在天山山坡，梳根大辫子的她，像天使一样。不过三年时间，面前的她，几乎成了中年妇女。她的片子获过很多奖，很多景区高价请她拍片。她不要钱，只要两斤茶便可。

她和歌星T同时到某地。T坐头等舱，她坐经济舱。T被奔驰接走，她被小面包车接走。T唱三首歌，30万。她的全部身家，都没有30万。T穿的鞋，是从巴黎买的，17万。T说大雨浇坏了鞋，没法穿了，让组委会赔。组委会说："演出费我们已给；鞋子的事，你该自己注意，这事不属于我们负责的范围。"T大闹，"若不赔我，我就给H哥打电话。"

S知道这事后，破例要了辛苦费。她来这里之前，人家本来就这么说的："T什么待遇，就给S什么待遇。"

S并没有把这钱带回北京。她给了更需要的人。

某组织想高价收购S的所有照片。她一分钱不要。"我要钱干什么？"

S住院后，很多人给她送花，送吃的。一个女人，3岁的孩子都委托给家人了，专门陪S看病。这女人讲，有次S去新疆拍片，冬天，车翻到冰河里了。S先被救过来的。她醒后，把失去知觉的司机的冰冷双脚，放在自己刚刚温暖起来的前胸上。

钱可以左右大多数人的生活，但这世上最珍贵的，从来不是花钱买来的。

乌呼鲁峰，赤道雪山乞力马扎罗的第一高峰。

即使被肩上的柴压得扭不过头来，她还是热情地伸出手向我打招呼。

还有一对患难夫妻，家远在云南。医院里的陪护没有床，有一把椅子。不像我有时还可以回家休息。半夜，妻子实在累了，就爬上丈夫的床休息一会。护士发现，颇严厉地让她下来。然后护士流泪了。护士突然想起来，她也是病人。她觉得自己的症状和丈夫那么像，就查了一下。她竟然和丈夫得了一样的病！护士们说，脑垂体瘤好像几十万人中才有一人得。夫妻两人同时得，那估计是千万分之一。

这个年轻的男人，怕开刀后，自己便与这世界告别了。他准备先去爬趟乞力马扎罗。这座山在男人眼里，充满了男人气息。

那也是你心目中的圣山。因为你，它也开始被我向往。

现在，我就站在这山的脚下。

梦想实现了，可一起做梦的那个人，没有了。

梦和现实，如此分离

自从欧洲人在 19 世纪中叶发现乞力马扎罗山，它的魔力就让人不能抗拒。1989 年，它成为世界遗产。

徒步旅行者从世界各地而来，尽管登上最高顶 Uhuru（乌呼鲁）峰的人少而又少。

这最高峰，原来说是 5895 米。2000 年卫星测试后是 5891.6 米。是积雪融化的缘故吧。这绝妙的赤道雪峰，是 50 年内，地球上将消失的风景。

这是五大洲最高峰中，最容易、最不需要技术来爬的山。但是，每年还是有很多人失去生命。通常，他们死于高原反应，剧烈的头痛，全然的精疲力竭。

蓝紫色的绣球花，一大簇一大簇地开着。一个背着巨大登山包的男人对我说："它令人激动，也让人畏缩。"

人们总会从别人的话中，听出针对自己的意思。

我得用手机把乞力马扎罗拍摄下来。我要发给安洁，馋馋她。这家伙，竟然一直不回复我。但想藏起她自己，也是妄想。我在手机上找到她的博客。原来昨夜狂欢。估计现在还在大睡。

手机震动一下，小景把他画的乞力马扎罗发给我。米卡在我旁边看着，说："这就是我心目中的乞力马扎罗。"

我看看他虚构的乞力马扎罗，看看我眼前真实的这个，一时不知哪个为真，哪个是幻。但不管怎样，我终于不再是孤单的一个人旅行了。

我从梦里醒来。有些伤感。

我走到了非洲，还是梦到了米卡。

初中时，我和米卡形影不离。高中，我们不在一个班，友谊却没有阻断。到了北京后，我们的学校相隔两站地。我们经常去看彼此。假期回到老家，也总去对方家。我们在我家长满月季花的大院里合影。她白我黑，闪光灯一闪，她的脸便有些失去轮廓。我姥姥开始眼花，她说："米卡和你合影时，干吗要戴口罩啊？"

大学时，米卡有了和旧日的我一样如影随形的好朋友。有天，米卡对我说："其实，我心里，并没有把她当朋友。"我心里一凉。在米卡的心中，我莫非也如此？

大三开始，米卡经常逃课。不是去忙别的，是去学托福。她一心想去美国。

毕业后，我留在北京，米卡被分回老家。

她妈妈在郊区工作。我爸爸有能力把她调回城里。可我爸爸太秉公，没有管。是这事让我心里亏欠，还是米卡心里不把那女孩当朋友的话伤害了我？或仅仅，我们像大多数人一样，被空间划开了距离。我们不再联络。

两年后，高中校友会上，米卡的高中同班告诉我，米卡终于去美国了。就是从老家考走的。

人只要坚持梦想，从哪里都能起飞。

以后的消息，都是从别处得来的。她工作不错，万水千山之外，竟然嫁给了她一直心仪的男孩。那男孩，在我们高中，怎么考试，都是全年级第一。

她一直为去美国做的努力，不会是为那男孩吧？

我不再和米卡联系了。我的梦，却一直离不开她。隔三差五，她就来我的梦里一晃。不管我的生活如何变迁，这点始终没有改变。

午夜梦回，心里惆怅。

我把这情绪也做到梦里。“我们不会是在梦里相见吧？”我向她确认。她说“不是啊”。我醒了，还是梦。

我上网一搜，没准能搜到她。还有更简单的，我可以向她高中同班要她的联系方式。但是，我没有。思念一个人和寻找一个人，是两回事。

是怕旧日的友情变成今天普通的应付吗？我不知道。

梦和现实，如此分离。我不知道多少人如我。

小景也是我大学时代的朋友。毕业后，我们再无联系。他就是从网上，搜出我的行踪。

我的心更深地一沉。

我梦到好几个中国朋友，却没有你。

你是不是先要从我的梦中消失？从我的思念中消失，估计得好久之后。

生活在乞力马扎罗山林间

我在山林间住下来，心情疏朗开怀起来。

如果不是征服者，你会觉得登山的过程比最后登顶更有意趣。对于乞力马扎罗——全球生物多样性热点之一——我尤其喜欢它 2700 米之下的热带雨林。

起点是Kilimanjaro Mountain Resort，它是乞力马扎罗地区的第一家旅馆，是登山的大本营，位于乞力马扎罗山的斜坡上，海拔 1400 米。

从乞力马扎罗机场下飞机，车行一小时起伏的路；再摇摇晃晃 20 分钟。寂静漆黑的山林中，白门开启，灯火迎面。困倦旅人，终于找到歇息的释然。

灯火闪烁的草顶酒吧里，音乐响着。人们的轻声交谈，缠裹在“阿拉，阿拉萨拉玛”的欢快中。那是登山归来，心意放松的人们。我疲惫，急于回房休息。戴白帽，背猎枪的侍卫，将我护送回房。

窗外的小鸟把我吵醒，推门走到阳台。天空还是沉郁的蓝色，树木深幽，突见那青山之上的雪顶，被云缠着，神秘微笑。这清晨，清朗的相见，却还是想说声我心中，总是那么火热的 Hujambo。那是斯瓦希里语的“How are you？”。是的，就是这一句，对我从未谋面的玛文吉峰——乞力马扎罗的第二高峰。

回屋披件衣服的工夫，窗外已是不同色彩。树色深绿，山基蔚蓝，天空恬淡。而那雪峰，还是玉带环腰，曼妙有姿。我不经意向左望去，乌呼鲁峰，乞力马扎罗的第一高峰竟然也在眼前。它被更多的云雾遮绕，刚被我认出，转眼又消失不见。而此时涌上心头的，除了惊异、深情，还有敬畏。我怎么可以把它们踩在脚下？

在木头椅子上坐下，看山林清醒过来，朝霞漫天。不同的鸟，唱不同的歌，说不同的话。

村民的家。

做香蕉酒的村民们。

在北京，我熬夜，睡懒觉。从纳瓦莎开始，我才知晓清晨是如此丰富、美好。

我估计赶不上旅行团的速度，因为光拍看园中的花，就花了一个上午。有我认识的瓶刷花、长舌花、乞力马扎罗凤仙花。更多的是我从未见过的新艳面孔。奇绝、浓香，狂野非洲。

去 Chagga 人的村子，看他们怎么和动物生活在一起；看他们的狩猎工具和马赛人有何不同；看他们怎么把芭蕉的叶子打结，放在地上，指示后来人；看色彩鲜艳的蘑菇，像落花一样；看早餐自己吃的 Fingermillet Porridge 是来自何种植物，又如何研磨出来，跟他们学这名字的斯瓦希里语：五吉，哇，五来吉；看趴在树上的鼻涕虫（斯瓦希里语叫 Kuno-Kuno）。非洲人简单，很多名字都是这样的重复。

在山林里行走。看妇人拾柴；看孩子顶着一截木头；看他们用木头如何建房；看油梨，是长在怎样的树上；看人们怎么做香蕉酒；看尖嘴鸟吃果子；看凯莱西亚瀑布。登冈果山。蝴蝶翩飞，雪山流下的溪水潺潺。简单的木桥，快乐的孩子。乌呼鲁峰——乞力马扎罗的第一高峰清晰可见，雪姿卓然。不过，又是转瞬间，踪影顿无，开始领教它的神秘莫测。

我拜访凯莱玛小村。从前的村长办公室，现在是学校了。村子中央，是加拿大医院，主要是防艾滋病的。

走累了，在山林酒吧里歇息。然后搭他们称为“达了达了”的小公共。这路颠的，脑袋不时撞到车顶。我把包垫在脑袋上，他们笑我可以做非洲人了。

我开始说“阿山达山达”（斯瓦希里语，非常感谢的意思），Hakuna Matata（没问题），说得他们面露惊色，继而绽放笑容。坦桑尼亚人像这里的大象一样，有些害羞，不愿被拍照。但是，我不把自己当外人，他们也就对我敞开心扉。

晚霞映归路。山林小径上，我忘记了自己是旅人还是居民。

四

达累斯萨拉姆
满城开满凤凰花

在达累斯萨拉姆，满城开满凤凰花。凤凰花开两季：一季老生走，一季新生来。那红遍全城的凤凰树，让我想起西班牙马德里的 Burgundy 街。我们没有携手走过那里，但我在那里，那么想念你。夏日漫长得仿佛永远不会消失，就如你在我身边时的感受一样。我一直对“凤凰涅槃”不太感冒。今天，我却仿佛看到新生命从这里诞生。

树下被救

我跟你讲过吧，高中，学世界地理时，我总分不清亚的斯亚贝巴和达累斯萨拉姆。现在想忘记也办不到了。达累斯萨拉姆是动物王国坦桑尼亚的首都。坦桑尼亚除了有世界上最大的野生动物园，非洲最高峰乞力马扎罗，世界上最香的岛桑给巴尔，还有壮观的海洋般的火焰树。

我从乞力马扎罗回首都达累斯萨拉姆时，感觉自己变了。我从悲伤里抬头，已经能看到远方的风景。满城开满的火焰树，呼应着我渐渐鼓胀起来的快乐。

在东非被普遍叫做火焰树的这灿烂如霞的花树，在这里，人们也叫它圣诞树。因为一看全城遍开这红花，大家就知道圣诞节要到了。

原产自马达加斯加岛的火焰树，是达累斯萨拉姆很多街道的行道树。尤其衬在蓝色大海的背景下，煞是好看。树下是闲坐的人们，散步的人们。

我坐在滨海路一棵火焰树下休息。

“我一回头，嘿，找不到人了。再一看，人在树下坐着呢。”日后，你总是笑谈。

我和你去颐和园的那次，是第一次和男孩单独出门。还是有些紧张。

那时，学校门前的路，叫白颐路。马路中间，有高大的槐树。

一个塑料瓶子突然向我飞来，我头一偏，它撞在树上。非洲人民还从未给过我这样的礼遇，我气得立刻跳了起来。这却是孩子们踢的“球”！

一个月前，我见过贫穷的妈妈用手缝布袋，给孩子当球踢，所以，我立刻相信了孩子们的解释。他们也立马跑开，接着玩。

蓝天绿草火焰树，拿空瓶子当球踢的孩子。贫穷，却也美丽的非洲图景。

凤凰树，被誉为世上色彩最鲜艳的树木之一。
在阳光充足的地方才能茂盛生长。

他们踢得非常开心，见我一直注视他们，便邀请我一起玩。

我之前走得实在太久，头还有些发烧，没玩多久，我便晕了，眼前金花乱飞。

告诉孩子们我的感受后，你猜怎么着？他们，三个男孩，一个女孩，立刻转身、飞跑、消失。他们没听懂吗，以为我得了传染病？

几年前，就是夏天我晚回家那次，在地铁，我遇到一个女孩，肚子痛，几乎昏过去。我坐好几站地铁，下车飞奔去我熟悉的药店。满头大汗赶回去，还好，那女孩还没走。估计你在，我就不能干出这事。这次，刚出来，飞机上，一个首赴爱尔兰留学的女孩病了。"什么？你出国留学还不备全药？外国看病多贵呀！我这国防身体都带一盒。"我感慨，把全部药，连同保健盒都给她了。我这样的人，得到的，也不该是别人的袖手旁观，撒腿走人吧？

有一年，我颈椎有问题，人老是头晕。可还是坚持去了百花山。那是我第一次带病出门。下山时，总有人问我"山上有花吗？"，我回答"有"。后来实在没有力气回答了，就把花插在头上。"上面有花，你看她头上戴的。"好几个上山的游客这么说。即使晕倒我也不怕，因为有你在身边。

过了一会儿，一个男孩跑回来了，另两个男孩和女孩也很快跑回来了。他们没有拿药回来。是啊，他们很多人有病都扛着，因为没钱买药。他们拿回来的是两把小刀、一把叉子、一段铁丝。他们去火焰树上扒下几段树皮。他们让我躺在草地上，然后把树皮盖在我头上。我慢慢还真好了。是我的暗示能力强吗，还是火焰树的树皮能解热？

火焰树的缠绵花事

达累斯萨拉姆是美丽的海滨城市，斯瓦希里语的意思是“和平之港”。这里的港口确实宁静祥和、海滩众多。白沙滩、日出海滩、Kuduchi、Jnguani、Bahari。海滩上人不多。摇曳椰树、清新海风、清澈海水，印度洋边的一个梦。

Slipway，是本地人喜欢的一个休闲地。这里有画廊、餐厅、酒吧，也能乘船出海。这一日，我在这里边闲逛，边等着乘船去Bongoyo岛。旱季过去两个月了，长雨季也还要两个月才到。此时的岸边，有些淤泥，长腿的白鹭在里面优雅地行走。也有一些独木舟停靠着。本来就是木头原色，因为时光，更显古旧。再过去，海水清浅的地方，海鸥排成一圈，在水面漂浮。水里停着红色、蓝色、白色的小渔船。更远处的海里是大大的货船、客轮。长堤向海中伸展，非洲炽热的阳光照在上面。长堤旁有补网的，也有编鱼篓的；背包的游客、头顶水桶的孩子，慢慢走过。也有戴白帽的黑人穆斯林，在阳光下闲坐。猫躲在越来越短的阴影里，乌鸦落在长堤上的木桩上。蓝阔天空，蓝碧海水，岸边，火焰树花事正盛。

我正准备找个地方喝一杯时，一个五六岁的小男孩，走到我身边，什么没说，递给我一朵火焰花。在非洲，我数次遇到陌生人送花，我不觉得吃惊；在这满眼红彤彤的世界里，送我这么薄薄小小的一片（我觉得更像一片，而不是朵），倒让我觉得挺可笑的。不过，我确是爱花人，道谢之后，我把这片花小心地拿在手上。

游船上，我偶然注意到旁边一个姑娘，手里也拿着和我一样的花。“达累斯萨拉姆为什么这么多火焰树，是不是这里的人都喜欢啊？”我有些好奇地问。姑娘说：“是啊，我们给亲朋祝福，常常送这个。你看我手里这个，就是朋友恭喜我考试考得好。”为什么这里的人用火焰花传情达意呢？原来，这里面还有个传说。

Slipway，本地人喜欢的一个休闲地，这里有画廊、餐厅、酒吧，还能乘船出海。

很久以前，一对年轻人非常恩爱。后来，异族入侵，小伙子应征入伍。三年后，战争结束了，可小伙子还不见回来。姑娘派蜜蜂、织巢鸟、苍鹰去探听消息。它们来到曾经的战场，看到姑娘的恋人已经牺牲。它们不忍把这悲伤的消息告诉姑娘，只好远飞他乡。姑娘得不到音讯，自己跋山涉水，找到战场。她看到心上人已经战死。她痛不欲生，挖了个大墓，把心爱的人放好，自己随后跳了进去。赤诚的爱情感动了土地爷，在他们坟墓上，两棵连根的大树拔地而起，枝繁叶茂，葱翠郁郁。太阳神见状，把手中的火轮一扔，顿时，大树上开满了红色花朵，云霞一般，映红了天空。这树，便是火焰树；花便是火焰花。这个故事传遍了坦桑尼亚乃至整个东非。东非大地上，开始广种火焰树。火焰树也开始成为忠贞爱情、美好祝福的象征。

我被这个故事的烈焰柔情感动了，更觉得火焰树美丽异常。我也再一次回味了一下我们燃烧在一起的青春。

“在我们这里，送火焰花是最美好的祝福。结婚，生小孩，过生日，都有人送火焰花。”姑娘把手中的花送我，“我们也用它表达对远方来客的诚挚欢迎。”

我把手中的两片花叶，小心、郑重地夹到了随身带的记事本中。回旅馆后，好好收藏起来。

永远记得“塔扎拉”

达累斯萨拉姆是坦桑尼亚最大的城市和港口，是全国政治、经济和文化的中心，也是著名的坦赞铁路的起点站。来这里，不能不去火车站看看。这里治安很好，我在这里自由行走。快到一个交通路口时，我走累了，便把记事本拿出来，垫地上。

火焰树为我遮荫，我悠闲地看着往来的人们。警察，在一般人的印象中，总是严肃的，可是，他向我微笑、挥手。过一会儿，几个中学生模样的孩子叫着“Jack Chen”(成龙的洋名。非洲孩子,常常这么称呼中国人),飞奔而来。我站起来。他们你一言我一语，问我来坦桑尼亚干什么，待多久，去过乞力马扎罗没有,现在要去哪里。我说火车站,他们便要带我去。我说我可以找到,他们还坚持要带我去。

“你知道‘塔扎拉’(坦赞铁路的英文简称)在我们心中的位置吗？我爸爸在这条‘自由之路’上当司机,我们家因此才能过上幸福生活。”一个孩子说。

“我们永远不会忘记‘塔扎拉’是中国人帮我们建的。”另一个孩子说。

和他们边走边聊，我早忘记了记事本。猛然想起，吓了一跳，那可记录了我几个月来的旅行见闻啊。丢它，比丢钱更让人难过。我和几个孩子赶紧返身去找。走到一半，一个黑小伙迎面过来，举着我的记事本。

“我刚才在树下歇息，发现了这个笔记本。我认出上面是中国字，就问警察，刚才是否有中国人在这里。警察说有啊，刚走，和一群孩子，往这个方向去了。”他指了指。

“你还认识中国字？”我颇感惊奇。

“我爸爸会中文，他有很多中国朋友。耳濡目染，我也认识一些中国字。”他说。

我问他爸是“塔扎拉”的，还是中资公司的。他说不是，他爸爸是医生。

“虽没有在‘塔扎拉’工作过，但也有些关系。1967年，中国水利专家张敏才在坦桑尼亚东部卢伏河下游丛林中勘探时，遇到大群野蜂，被叮咬，全身中毒。虽然张专家随即被送到这里，你们的周总理也派北京的医疗专家乘飞机赶来，但已无力回天，张专家去世了，年仅35岁。我爸爸就是当时抢救队伍中的一个医生。下葬那天，成百上千的本地人自动组成送葬队伍，为我们最好的朋友送行。为修建‘塔扎拉’，中国有65人献出了宝贵的生命，他们其中47人，埋葬于坦桑尼亚。”

我为他对中国人民的诚挚情谊感动，也真心感谢他为我找到记事本：“我怎么感谢你呢？”

一个孩子说：“你亲手摘一朵火焰花送他吧。”

火焰树并不高，我轻易也能爬上去。可这是偷花呀。我说：“不行，在我们国家，这是不好的行为，要罚钱的。”

他们哈哈大笑，说不会的。

我还是坚持。

一个孩子说：“那去我家吧，就在不远处。我家就有一棵火焰树。”

这个青年叫姆拉基，对我用他们的方式对他表示感谢很感动。他说：“是的，坦桑人都喜欢火焰树。我们的报纸，都叫《火焰报》。”他对神秘的中国也充满向往，问中国可有火焰树。

我说：“中国的南方有。我们叫凤凰树。因为叶子如飞凰之羽，花若丹凤之冠。”

他们不知道什么叫凤凰，我又解释一番。

“凤凰花开两季：一季老生走，一季新生来，就跟涅槃一样。”

他们不知道什么是涅槃，我又解释一番。姆拉基说：“我希望为‘塔扎拉’献出宝贵生命的中国人，都是凤凰，能涅槃。”

我一直不太感冒“凤凰涅槃”这四个字。今天，我却仿佛看到新的生命从我这里诞生。

我们都抬头，达城蔚蓝的12月的天空下，那片片红花，美若丹霞。

这红遍全城的凤凰树，也让我想起西班牙马德里的 Burgundy 街。我们没有携手走过那里，但我在那里，那么想念你。那里的夏日，漫长得仿佛永远不会消失，就如你在我的身边一样。

著名的坦赞铁路。这是中国对外援助历史上的一个标志性工程。它让中国人民与非洲人民结下深厚友谊。

五

刚果雨林，今天无天

刚果之前，我对你的思念是甜蜜的，微笑拈花。现在，都成了伤感。因为，你已经离开。我心中也有大火，把过去付之一炬。没有人有不老的青春。我拥有记忆中的你，那里的你，任谁也不能改变。这是我的珍贵私藏。我想这已足够。雨林多姿绮丽，在巨大的恐惧与绝望中，总会有新生。于是，我对生命、自然，有了新的眼光。

我因为绝望，而勇敢起来

明天，我准备进刚果雨林了。你说，人的勇气是随年岁递增还是递减呢？为什么我有些胆怯呢？我是震慑于它的威名吗？这地球上，仅次于亚马逊的雨林。

想起第一次去原始森林。我那时可是跃跃欲试。

你对自然并没有我这般的兴致。你去上方山，纯粹是陪我。你也知道，我对那里一无所知，激荡我的，是学校宣传栏，那海报上的“原始森林”。

我们彼此太心有灵犀，很多事情不说全说明，以致发生这天的误会。清晨三点准备出发时，我们俩，只有一辆自行车！这时候，我们不可能再借到车。三十多人都已整装待发，也不可能等我们。我眼看自己向往已久的梦想就要破灭。

你没有劝我“你别去了”，你也没说“我不去了”。

昏黄的路灯下，我听到你说“我骑车，带你去”。

这可不是从海淀骑到北海或植物园。这可是65公里之外。你不是运动员身体，甚至有些单薄，你自己骑那么远行不行，我尚且不知。

我感觉有什么滑出眼眶。我假装仰头看天上的星星。它们都隐去了，只有暗沉的夜。会不会下雨？年少时的出行，不喜欢雨的陪伴。不用看，雨已经落下来。可什么也不能阻止年轻的心。我们三十多人，出发了。

大雨、山路，那么重的我。这是你18岁生命中最艰难的远行。

下午两点，我们才到达。没有现在的宾馆，没有大客栈，甚至没有农家饭。我们只有方便面和榨菜。我们三十多人，只借到一间教室。而篝火晚会，却那么热闹。

你那么累，握着我的一只手，就睡去了。

火光跳跃着。我们执手，你睡我醒。

你醒过来一次，在烛火中向我微笑。我说："即使献出生命，也不给出这夜。"

在子弹或列车过来时，我可以为心爱的你去死。我的爱多面向戏剧化的瞬间。我不担保琐碎的日常。

你不同。你持久而绵长。在校园老槐树下，你对我说："我要一辈子，做你的骑士"。你一开始，就把一辈子交给了我。

你陪我走两站地，去看国庆礼花。其实，回来，窗内便可以看到。

"你就在屋里看流星雨吧。"你说。我不干。你陪我出去。你不清楚我到底要看多久，我们穿得很多，北极熊似的。怕遇到什么事，你还带上一把刀。

半夜的山顶，流星还在坠落。你睡着了。

明天，我要进浩瀚诡异的雨林了，你还会做我的骑士吧。精神上的，于我更重要。

我打开邮箱，犹豫要不要告诉你。这毕竟和上方山不同。

那么默契，你的邮件来了。

没有主题的内文上写着："既然你不说，那么我说吧。咱们分开吧。你没有牵挂，该有更好的行走。"

我以为自己看错了！我的手抖得厉害，咖啡杯掉到地上。

这信那么短，甚至让我看不到借口。你的借口只是让我没有牵挂，还是你终于有了别的女人？你怕伤害我，所以不说。

离开北京后，我给你的信，总是欢快的。其实，我时刻面临着你离开我的危险。这担忧不是没有理由。今天，你分手的邮件终于穿越千山，到了我面前。

这就是你为我加的油！你说的一辈子去了哪里？我以为你会为我创造一个千古传奇，我太天真了，我们都是大俗人！

有人敲门。

“你脸色这么差，生病了吗？要不休整休整，明天再出发？”Cyril K Matuwidi 问。

我说没事。

“要不别去了，进雨林的游客，本来就没有几个女人。”

我说我可以。

得知爸爸已是癌症晚期，甚于姥姥的去世。不确定更让人惊恐。

现在，我内心的惊恐落地了。我对这雨林本有些胆怯。现在，因为绝望，而勇敢起来。我再没什么可牵挂的了。

Matuwidi 说进刚果雨林，一般有两种方式：乘小舟，或步行。我选的是后一种。

18 岁时，我们去上方山。学校宣传栏上说那是原始森林。或许是没有往里面走吧，我并没有看到自己想象中原始森林的样子。

这刚果热带雨林，刚进入，就把我骇住了。有我想象中的古树参天，遮天蔽日；有我想象外的闷热、潮湿；各种奇异的叫声。人多想象画面，少想象声音味觉。

我想象中的原始，就是树多、树大。谁知，这里的树高达 50 米，甚至更高，树冠覆盖在一起，根本分不出是谁的。什么叫盘根错节？你一看这些树根，一目了然，都不用解释。很多树根露出地面，稍不注意，就可能被绊上一跤。更有千奇百怪的藤蔓，缠来绕去。在这林里，轻易能找到依赖的地方。色彩雨林里用头顶着大树的孩子们。

斑斓的寄生花，分不清是藤本植物所开，还是另有他源。参天古树之下，是浓密的灌木层；灌木层下，是草木层和蕨类植物。各种高度，各种绿色，层层叠叠，迷宫一般。

林中小路，弯弯曲曲，忽上忽下。没走多久，干脆变成深一脚浅一脚，踩的多是顶出地面的树根。没走两步，就得弯腰前行一次。更因为你的离开，我很快感到乏力。

腐殖质气味，闷热空气，使我觉得昏昏欲睡。我问 Matuwidi 能歇会儿吗，他说不能。“一停下来，虫子就会上你身。”我对虫子还不算恐惧，我最怕的是蛇。加蓬咝蝰，素有恶名。它有世界上最长的毒牙，毒液的产量远胜其他蛇类。60 毫克，便可置人于死地，它每次排毒量平均 350 毫克！被其咬伤若无及时治疗，基本没有生还希望。

树木纵横交叉，视线不足 10 米。雾气飘浮起来，更添神秘，也让我感觉虚幻。

树叶落下。即使在这终年不寒冷不缺水的地方，也有树叶离开生命。不适应，就凋零，没什么。生命都有周期，早晚得没。

刚落下的叶子，和干枯腐烂的摞在一起。我刚想感慨，突然看到一棵枯死的大树上，立有新树。

“好奇怪呀。”

Matuwidi 说：“那是鸟儿干的，它们把种子放在那里。”

我想起病树前头万木春。你也又发新枝了吧？你办公室，一直觊觎你的那女人，也有机会了吧？之前，我从未把她放在眼里。记得那个中午我去找你，正好碰到她给你带午饭。“我看你也没有吃饭，就给你带回一份。”她甚至没有看我，径直对你说。很显然，你并没有请她带饭。而你也没有马上把钱给她。你后来给没给，我都没有问。现在想来，有些狐疑。

我的心思被牵扯进你的分手信，使我忘了带进雨林要用的氯雷他定和消毒棉球。我只贴了日常用的防蚊贴。可在这雨林里没走多久，它们就不知被什么挂掉了。

那个说要一辈子保护我的人，没有了

我觉得饥肠辘辘。可是，就在前天，我曾几次想象过的龙乌马——那用花生、木薯、香蕉、棕榈油、辣椒做成的美味，现在对我来说，没什么诱惑力了。你让我对一切失去了兴致。

现实更残酷。Matuwidi 说他会准备食物。可给我准备的，并不是龙乌马。只有木薯，什么味也没有的木薯！

人家也没说谎。人家是描述了龙乌马。可并没有说给我准备的是它。

我想起跟向导爬乞力马扎罗。进非洲腹地，是越来越艰苦了。

“我们会用黄蚂蚁制成酱。狩猎到猴子，将其熏熟后，蘸着蚁酱吃。”前天听 Matuwidi 描述，我还觉得恶心，心想，蚂蚁做成的，怎么下嘴啊。今天，我觉得他们眼中这最好的美味，没准他一辈子也就吃过那么一两次。因为刚才我指着一个影子问是不是蓝遁羚。他说，狩猎并不像想象中那么容易，有次，9 天都没有猎获到任何东西。

过一条小河后，我感觉腿上不舒服。我撩起裤腿一看，天呀，我的右腿，竟然趴着六只水蛭。

我虽然穿着长到脚面的牛仔裤，可裤口没有封死，水蛭爬进来了。你说 Matuwidi 也不提醒我一下！我急忙伸手去抓，他制止了我。他脱鞋，在水蛭旁拍打，它们一一被震落了。

他替我压迫伤口止血。可是有一个伤口血流不止。他掏出火柴："用炭灰可以止血。"

我说不行。我有一个同事，小时候手被刀弄伤，他外婆用炭灰给他止血。结果，他修长的手上，留下一道永远洗不去的青。

他去采了不知什么嫩叶，捣烂后给我敷上。

他接着把大叶蒲葵盖我头上："这样还可以防止蛇缠住你的头。"

我一听蛇，脊背顿冒凉风。

"这雨林中，最大危险能怎样？"

"怎样？丧命。毒蛇猛兽沼泽。可以说，危机四伏。"

"之前你怎么没说？你说，只要跟你走，什么危险也没有呀。"

"是。刚进雨林，我就让你像我一样披挂上树叶。你不相信。"他们相信绿色植物能给他们魔力般的保护。

那个说要一辈子保护我的人，没有了！

我望着身后的小河。

一切不过是流逝。流逝的爱情，流逝的青春，流逝的岁月。

其实心里，还是有别的情绪。这危机四伏的雨林，我死了也好。

对你，我也开始心生怨恨。你为什么不在我离开北京时就说分手？那我就没有这两年的担忧、忐忑、牵挂、侥幸。那我该多省心！

因为亚洲的森林危机，20 世纪 90 年代，人们开始把目光望向非洲。刚果盆地，这地球的第二肺，这阻止沙漠扩张的绿色生命带，二十年间，已经消失了一半。伐木公司，已把路修到森林腹地。因为战争带来的贫穷，百姓伐木也是常事。七八岁小孩，捡的不是小树枝，而是头顶着一根根整木！让我在这史前般的原始森林里，感慨人类的所为。

总体来说，还是多姿绮丽、神秘莫测。殖民蜘蛛，能合作织出蹦床那么大的蛛网。非亲眼所见，绝不能想象。如果没有频仍的战事，那非洲，岂不是神奇的天堂？如果我还有你，那现在的探险，该是多么神妙。世事不能两全。

我生命中没有哪一天，能和这天的奇怪、浓烈相比。我被自然震撼着，惊怕着，我也被内心的悲伤之河一次次淹没。我努力告诉自己，这无足轻重。我想起莫迪阿诺的海滩人。此人在海滩上度过四十个春秋，他笑容可掬，同游人阔佬聊天闲话。在成千上万张暑假照片的一角或衬景里，总能看到他穿着泳裤，混迹在欢乐的人群中。但是谁也叫不上来他的姓名，也不知道他为什么待在那里。有天，他从照片上消失了，同样不会引起任何人注意。其实我们都是"海滩人"。我们在沙子上的脚印，只能保留几秒钟。我们大多数人，即便在世的时候，也不过像一缕蒸汽，绝不会凝结成型。

那么我，又何必苦苦纠缠于一场注定要结束的爱情？

森林里雾气很浓。我的衣裤不知何时早已湿透。这浓雾，却轻得像薄纱。

我心里的伤定时发作。我努力想象你给我的伤害，它轻如纱。可是，我感觉，那更像我腿上的伤口一样钝痛。

夜幕笼罩，我听到沙沙的声音。

"是不是加蓬咝蝰？"至今，它还是我想象中最致命的危险。

Matuwidi 摇头："你知道为什么叫雨林吗？"

我摇头。

"雾气太浓，化成露水，顺着树叶滴落，滴答滴答，仿佛一场小雨。因此叫雨林。"

原来如此。

密林中的色彩。

河边的小花。
深浓雨林里的一抹亮色。

我原本没有探险这热带雨林的计划，得知他总从中穿行，我好奇，问他。他说：“如果你给我100美元，我就带你走一天。一天的路，刚好到我家。”

我问这一天是多少小时。他说10小时。

100美元，专门的向导，又不用过夜，我同意了，并找药店买了氯雷他定、消毒棉球。

但现在，他告诉我，因为我走得太慢，我们今夜没法走出雨林。

我抬头，天上虽然有着月亮，但大树小树又遮又挡，根本无法走夜路。

“那我们怎么办？”

他说露营。

我对自然的恐惧，一下子变成了对同类的恐惧。我感觉浑身开始颤抖。

在这样一个荒蛮的地方，和一个刚认识的男人。这可不是凯伦和她情人的露营。他们有爱，有莫扎特。

但是，我已经没有退路。

我开始试着让自己平静。白天和黑夜又有何区别？在这浓荫蔽日的地方，白天还不跟黑夜一样？我还是有些紧张。疲乏也在此时袭来。我怕自己跌倒，遂靠着身后的树。我刚才看过那树，粗壮结实，谁知我轻轻一靠，竟跌落了。我的恐惧立刻结束了，因为其间的过程非常快。我跌进的不是深谷，而是一棵树里。

他马上过来：“没事吧？”

我摸着一胳膊的苔藓：“还好。”

我转身凝视：“怎么会这样？好奇怪呀。”

“这个你一定不懂。这是树棺材。”

这三个字吓了我一跳。

“我们刚果（金）的吐买丁奈族盛行这样：在大树干中掘洞，将尸体放进去后，在洞口盖上树皮，并将死者名字刻在上面。”

我掉进了别人的棺材里？我感觉毛骨悚然，不禁想起大学宿舍里讲的鬼故事。

他摸着大树，平静地说：“几年之后，树皮与树干长合，成为生长着的树棺材。”

仿佛阳光照进来，我对生命、自然，突然有了新的眼光。

“我看这树干和树皮，很难长在一起了。”

“嗯。一定有原因，这人另选他地了。这离村落有些远，不过也不太远，明天一早，我们就能出雨林了。”

我取出相机，照下我的“身后地”。闪光灯下，树干里竟然生机勃勃。见我对那白色小花感兴趣，他告诉我那小花的名字。可他说了三次，我都没找到对应的单词。

“如果我葬身雨林，你就把我放进这里吧。”

他笑：“你不是害怕吗？”

“死之后，就没什么可怕的了。”

他用随身带的砍刀，砍了一些树枝。

火生起来，我一下子想起多年前的上方山。

火光跳跃着。我们执手，你睡我醒。

我说：“即使献出生命，也不给出这夜。”

现在，又一个丛林之夜。只是，我不再是我，你不再是你。

风过，虫鸣响成一片。也有不远处溪流的声音。清水碧寒、野林无边、萤火虫四下飞舞。

它充满生机，却又如此安静。我喜欢上了它。

眼下这夜，在我生命中，也将是特别的。可是，我已经没有了你。

在这样的夜里，你是不是已经开始了没有我的生活？甚至开始忘记了我的存在？周围野性原始，心中烦躁悲伤。

过去的一页已翻过。

我突然想起飞天舞的插曲：

吹着的风吹熄着心中的热火
那人忘记了你的存在但仍系着缘分

我们，还有缘吗？

我看着火光中那些安静的生命，不知不觉睡着了。

另外的含义

我醒过来一次，看到了月光。

我再次醒过来，天已经大亮。高大的非洲红豆木的树顶已被阳光照耀。犀鸟在那里鸣叫，声音如同马嘶。有雾轻笼过来，飘飘忽忽，有些迷离。

我好像有很多感悟。但它们像这雨林一样，缠绕在一起，也像雾一样迷离飘忽。

我见 Matuwidi 颈上盘着蛇，吓了一大跳。

“我们有句话叫不能想。一想，它终将与你相遇。”

刚果河的落日。

“这就是传说中的加蓬咝蝰？”

“你睡着时，我和它搏斗来着。来，摸摸我的战利品。”

它死了，我还是不敢碰它。这个伪装高手，不会装死再活过来吧？它没有。我们已死的爱情，也没有了逢生之境吧？

这时候，大猩猩出现了。可是我的手抖个不停，相机都握不稳。

烧林的气味飘了过来。

我心中也有大火，正把过去付之一炬。没有人有不老的青春。我拥有记忆中的你，那里的你，任谁也不能改变。这是我的珍贵私藏，已足够。

是的，没有人能同时享有爱情的甜蜜和自由的美好。我必须舍弃其一。

刚果之前，我对你的思念是甜蜜的，微笑拈花。现在，都成了伤感。因为，你已经离开。

我的刚果（金）没有钻石，也没有迈克尔·克莱顿描写的刀光火影。《刚果惊魂》算不上是他的好作品。《侏罗纪公园》才是。他迄今创作了15部畅销小说，12部被拍成电影。他自己执导电影。他还是计算机业的行家里手，拥有自己的软件公司，甚至设计了一套叫“亚马逊”的电子游戏。他是美国唯一一个同时在畅销书、电影、电视剧三个领域取得非凡成就的人。

我拼命说服自己，一个人的生活完全可以丰富多彩。离开谁都可以好好活着。这几年，没有你，我也活得很好。

在市场上，Matuwidi 带我找到他老婆 Safi Ngongo。她根本没问他昨夜在哪里，和谁。她笑着，把大蛇接过去，然后，递给我一颗红果子。

摆在她面前的是她的木炭。木烧成炭，可以卖钱。我的爱情森林烧光了，只余灰烬。

他回家睡觉了。我陪 Safi 在市场待了一天。我终于吃到了龙乌马，还吃了棕榈果，另外还有两种说了我没记住名字的东西。

“你们的东西怎么都这样甜啊？”

“糟了，我先给你吃了神秘果。”

然后我知道那红果子神秘在何处了。它改变了味觉，吃它四小时后，所吃任何酸甜苦辣，都是甜的。

有什么哲理藏在她的话中呢？我似有所悟，却又不知。

我感觉身上痒痛。撩起袖子，胳膊上，肿起了八个小孩拳头一样大小的包。我去木瓜树下的简易厕所一看，我浑身，各种疹子一片连一片，有一寸高的大红疹，有小米粒大小的小疱疹。

我本想只在这里待一天，然后搭车回金沙萨。这时我走不了了，我感觉衣裤磨得慌，每走一步，都非常难受。而且，我的体温随着这灼热的痒痛开始升高。

Safi Ngongo 收留了我。她让 Matuwidi 去村里别人家了。

我的小疱疹也叠加起来，越来越多，愈加高厚。我知道不能挠，但我还是忍不住。而且，这手一伸，就无法停止了。血开始往外渗，痒却越来越钻心。知道这结果，但还是忍不住。毒瘾上来，也就这样吧。

Safi Ngongo 把我的手拿开：“你如果想好，千万不能挠。”

她把一种草捣碎成汁，给我涂在身上。我感觉清凉了不少。没多久，我的手不自觉地摸摸身上，这一摸，痒的感觉又起。不能挠，我告诫自己，我拍起来，啪啪使劲拍，同样不能收手。

“最好的办法是你忘记这事。”Safi Ngongo 给我讲她是怎么嫁到这村子的。

不知过了多久，我突然想起，嘿，我好久没想身上的疹子了。这一想，嘿，问题又来了。

看我欲举起的手，Safi Ngongo 笑了。

疱疹开始往外渗水。我感觉轻快了不少。

“最好的办法是你忘记这事。”

忘记法？不，这忘记是暂时的，叫绕过法更为确切。这办法开始被我喜欢。真的，绕过是最好的办法。一个问题解决不了，就如你面前出现一个坑。你暂时先绕过它，去做别的。时间一旦过去，你再回头看那大坑，根本就是一个小水洼。时间是解决一切问题最好的办法。但我们不能坐等时间过去，耽误人生宝贵年华。任何事情，你再回头看，感觉都没那么强烈了。因为彼时境界已过。

我在这里待了三天，再也没见过 Matuwidi，我问他去哪了。

“谁知道。”Safi Ngongo 说，“也许又出门了。”

我刚想质疑，这时，一个小女孩从樱杉树下向我走来。这小女孩太可爱了，我忍不住伸手抚摸她的头。意想不到的事发生了，Safi Ngongo 生气了，说话声音越来越高，手势越来越快，说话频率也快，我竟然一句听不懂了。

过了半天，来一小伙子，Safi Ngongo 激动地跟他说。

“她说，这几天她赤诚待你如亲人，你却骂人。”小伙子向我解释。

我说没有啊。心里狐疑：莫不是这几天照顾我太累，昏惑了？

“你骂她姐姐的小孩是傻瓜。”小伙子说。

我说没有啊。

原来，这里，摸小孩头，就是这个意思！

我跟 Safi Ngongo 道歉，说完全不知道他们这个习俗。她马上笑了。

“你刚才说的话，我怎么一句都不懂啊？”我问。

她说："我的法语非常有限。一急，我就说基孔果语。"

这么爱抚的动作，竟然有这个意思！我突然灵光一闪。或许，你跟我提出的分手，不是真的，只不过是让我回头？我问小伙子："这里能上网吗？"

他笑："我还没见过村里谁有电脑呢。"

"那能打电话吗？"

他说："电视还没有呢。"

我准备马上回金沙萨。

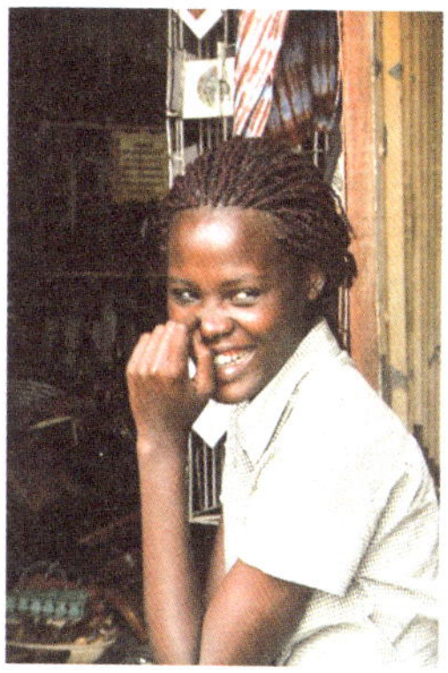

六

凡事临到

必有上帝的美意

自然界奇妙的事情太多太多，一个人所能经历和见识到的太少太少。我徜徉这将地球一分为二的赤道，想到了清明与公正。我想为你开脱，也为自己开脱。伟大的戴维·利文斯顿在这里探险时，陷入困境，他矢志不渝：“凡事临到，必有上帝的美意。”我在非洲的心脏，观望自己的心。

这里有赤道，有尼罗河的源头

说实话，这“赤道”，让我有些失望。它太寒酸简陋。

为了自己可怜的自尊吧，我没有给你打电话，我写的是邮件。你的回复让我失望。你没有回忆一点过去的美好时光，你只用36个字说了结果。像我眼前的赤道一样寒酸简陋。

“你做了个梦，然后满世界去找它，真是天方夜谭！我再不想和你的天真可笑纠缠在一起了。”

直到导游为我做实验，我的心才从那36个字上转移，激动起来。我们先站在赤道的南侧。一个黄色的铁盆，下面有个细长的嘴，颇似咱们的漏斗。他用手堵着漏斗孔眼，倒进水。扔进一朵白色的茉莉花，他松开手指。小花和水，按逆时针方向旋转。

我们又站到赤道的北侧。小花和水，按顺时针方向旋转。好神奇呀，我想，看他把水盆搬到赤道中线会怎样。我只知道事情都有两面，我没想到还有中间。

现在，小花和水，竟然不动了，一动不动，我有些看傻了。

我们，是否也被不可知的强大力量挟裹而不能自主？

自然界奇妙的事委实太多太多，一个人所能见识到的却太少太少。

将地球一分为二的赤道，也让我想到公正。公正地说，我们今天的结果，不是你一个人的原因。如果一个人都不为自己留门，那就别埋怨它的关闭。

我也为你开脱，怨恨自己。两年多了，搁谁谁不走？

谁会等待一个没有归期的旅程？谁为谁倾尽年华？

你和我一样，一听尼罗河，就想起埃及吧，也想起《尼罗河上的惨案》。

尼罗河，这世界最长的河，源头在乌干达的维多利亚湖。

人类不知从何时起对追根溯源产生了兴趣。

追本溯源，我们之间的矛盾，在哪里？是我们生活的理念根本不同。你总是说我不顾现实，看得太远，不顾眼前；不会平衡，要么全要，要么全舍。你的观念是，我们好好在一起生活，节假日一起出门，这已足够。

是的，我不像你笃定，经常会被打乱节奏。我不像你沉稳，动不动就瞎激动。

可是你势利，你从不耕耘看似不会有收成的土地。凡事总讲边际效益。

你守旧，难从新事物中发现乐趣。

我开始回想起和你不愉快的种种。回忆不像现实，它有选择性。你说分手之前，我想的都是你的好。人，多么的势利！

1866年，利文斯顿找到了这里，尼罗河的源头。他被这里的壮观吸引了，不愿离开。对比从前看过的风景，我觉得这里平淡了一些。当然了，发现它，和作为普通游客，我们的感觉完全不会相同。

这里平淡，却很安宁。岸边水草丰美，高茂的树上，常常站着一树水鸟。

一个湖，变成河，就是宽度变窄，就像一盆水，慢慢倒进细长水瓶里呗，能看出什么区别？我看着河湖一片，暗自怀疑。到近处一看，嘿，分界还真够明显。就像咱俩看过的泾河渭河。和那两河清浊分明不同的是，维多利亚湖和尼罗河弧线形的分界区域，水泡咕嘟咕嘟的。

“这里不太像旅游区。你们好好弄弄，一定会吸引来非常多的游客。”我跟导游建议。

他不高兴：“我们喜欢这样自然的东西，不好吗？”

我第一次对淳朴肃然起敬。是啊，我突然想，干吗都要那么开发，商业化？

维多利亚湖，日出。

维多利亚湖，非洲第一大湖，浩瀚如海。

我想起嵩山多得吓人的商家，我想起崂山大煞风景的碑石。它们在那里的目的，就是替竖起碑石的人收钱。那是我们旅行的早年，现在不知改观了没有。

对了，你还爱指手画脚。崂山，我在一块碑石前站好了，可你偏要我换地方，站在另块碑石前。你是要求完美，可别人得付出代价！

甘地的铜像也塑在这里。在南非生活过的他，梦想有生之年，能来尼罗河的源头看看。可惜生前此愿未遂。按他的遗愿，他骨灰的一部分，撒在了这里。

我以为火化炉温度肯定很高，进去，便立刻成灰。然而不是。40分钟后来取，也不全是灰，还有骨头。生前如果吃药多，骨头是绿色的。年岁渐增，我们都不可避免地开始触碰这个问题。

让我想想，我的遗愿是什么。

我倒是很快在乌干达，遇到了“身后”房。

我迷路了。等了半天，没有人，我便进到路边一间房子里。一个人没有。我又进了几间房子。还是一个人没有。我终于等到一个人，问完路后，我问他村里是否有什么活动，怎么人都不在。“没什么活动，”那人一本正经地说，“你去的几个屋子，都有人呀。”“有人？”我说，以为他开玩笑，也便开起玩笑，“那可真是见鬼了。”“你见没见鬼我不知道。”那人说，“不过那些屋里确实是有人。只不过不是活人。”他的话我没当真，但接下来，又有人正经地告诉我，我进的那几间屋，确实是给死人住的。死人和活人住的屋形状大小都差不多，外人是看不出的。后来我一边开车，一边害怕：“那跟我说话的几个人，是不是也不是活人呀？”

我看待死亡，有了新的眼光。

我开始在网上发帖，写我的非洲。很多人回帖。夜花妖儿说：“真的是很精彩啊，叫人欣慕的经历。非洲是个神秘的让人神往的地方啊，我有一个朋友在那儿已经快两年了，回来过两次，也带回来大量的照片，跟楼主的照片很相似。他开始的时候，都受不了了，那么个大男人，第一次打电话，听到我的声音就哭了，而且哭得不成样子，因为那儿太贫穷太枯燥了，又很危险，但是现在，他坚强地挺过来了，事业做得也很好。他还说，他已对那片贫穷的土地产生了感情，他在乌干达。”

是啊，非洲的美好，和它的贫困是并存的。我们体会异乡的风情，也是和困难、危险并存的。当然，还有独自在异国的寂寞。

维多利亚湖中多岛屿群和暗礁，岛屿面积近6000平方公里。

关于维多利亚湖的最早记载来自往来非洲内地的阿拉伯商人。12世纪60年代，一张名为Al Adrisi的地图就明确标明了维多利亚湖的准确位置，并将其标为尼罗河的源头。

维多利亚湖水产丰富，是非洲最大的淡水鱼产区，年产12万吨。

湖区是非洲人口最稠密的地区之一，沿湖80公里以内地区居住着数百万人。非洲人亲切地称其为“大湖”。

乌干达虽是小国，却有清澈的湖，青翠山峦，连绵雪山。

这里，还可以探秘非洲大猩猩的神秘生活。

大湖的鱼丰富。我喜欢Munyonyo favorite, glilleel。我也喜欢Masala。

乌干达人喜欢用香蕉待客。我进屋，他们先端上香蕉汁、香蕉点心。主餐是香蕉饭。这不甜的香蕉，比我们平常见的香蕉大很多，很多地方叫菜蕉。最普通的吃法就是烤。如果蒸熟后拌上红豆汁、花生酱，再加上肉类，那就成了国宴的主菜。“国饮”是以香蕉和高粱面混合发酵而成。喝时最为逗乐，酒坛顶插着草管，竟然有1米长。

生命，奇妙的旅程

亨弗莱·鲍嘉和凯瑟琳·赫本的联袂之作。当"非洲皇后号"被困在水草中，查理又生了病，萝茜跪下来向上帝祷告："……不是为我们的软弱，而是为我们的爱情；我们的旅途已到尽头，很快就将一同站在你的面前，求你为我们打开天堂之门……"

我记得看到这里，你那张脸还是那么严肃。你冷漠，看再动情的电影，你都不流泪。而且，还笑话别人。

这好戏是杜撰的，结尾是喜剧。

现实残酷。

1862 年 1 月 30 日，利文斯顿夫人乘"尼亚萨夫人"号汽船到达非洲。三个月后，她在丈夫的怀抱中去世。

死前，她是这么说的："亲爱的，不要像我以前看过的一些人，在还没有死去之前，已经像个墓碑一样裹足不前。我只有一个期望——你要像从前一样，勇往直前。"

死前，能说出此言，她和他，真是天生的一对儿！

在非洲，是那么的不易。那么多疾病，那么多难以预测的事。我也亲眼看过生死，但闻听利文斯顿，那么艰辛的跋涉，经多见广，阅尽世间沧桑、离散之人，在他的爱妻不幸被非洲的疾病夺去生命，他像个孩子一样哭倒时，我再也无法忍住泪水。

人们失去利文斯顿的消息已经三年了。大家纷纷追问，很多人给报社打电话。《纽约先驱报》派出著名战地记者斯坦利。"不管花多少钱，只要你找到他。"

在坦噶尼喀的乌季季镇，探险史上最著名的相遇。

在荒蛮的非洲，找了 11 个月，斯坦利终于找到已瘦成一把骨头的利文斯顿。他本该激动地上去拥抱利文斯顿，但他只是淡淡地这么说：“我想，您是利文斯顿博士吧？”

何等超凡脱俗！

“是我。”利文斯顿和善地笑着，摘下帽子。

他们的手紧紧地握在了一起……

此时，我在他们相遇之地。面前，没有我要找的人；身后，也没有找我的人。

早已功成名就，现在身体摇摇欲坠，但利文斯顿，没有接受与斯坦利一起重回文明世界，他留在了非洲。

食物没有了，药品被偷、劳顿、疾病。困厄从四面围拢过来。但他不放弃。他说：“凡事临到，必有上帝的美意。”

有怎样的胸怀，才能把困苦当成财富？

“探险像是一场赌博，在关键时刻必须决定是否要孤注一掷，谁不想退回安全之地？谁不想留在熟悉之处？疲惫、干渴，前途茫茫，不知还要走多远。但是我若不继续前往，内陆的土著，什么时候才能听闻福音？”

他听从内心上帝的声音，将生命变成奇妙的旅程。他只是走，上帝却在他的身边，画出一个个美丽的花园。

就医学而言，利文斯顿是进入非洲内陆的第一位医生；就地理而言，他是画出非洲内陆河川、山脉的第一人；就政治而言，他是终止非洲人被贩卖为奴的关键者；就探险而言，他是打开外界进入非洲内陆的先锋；就科学而言，他开创了详细记载非洲动物与植物的先河。后世的人，称他是非洲之父。

利文斯顿终于倒下了。他的弟子取出他的心脏，埋在一棵大树下。从此其坦波斯被称为非洲的中心。因为其坦波斯不仅刚好是非洲大陆的中心点，而且最爱非洲人的一颗心，也葬在那里。

我在非洲的心脏，观望自己的心。

姥姥 84 岁去世。全球每年新增癌症病例 1000 万。这生命中的必然，怎么会把我打击得如此惨重？我又怎么会对你的离开，怀这么大的怨念？

演过《非洲皇后号》的亨弗莱·鲍嘉，也演过经典的《北非谍影》。影片最后，他把两张珍贵的通行证，送给旧日情人和情人的丈夫。影片中，当他说出最后一句台词，“I think this is the beginning of a beautiful friendship.”我的泪水，早湿了衣衫。

为什么我在面对改变时如此惊天动地，如此不洒脱？我怎么不把祝福送上？也把安宁的心境给自己。释怀，是积极的人生态度。

现实中的亨弗莱·鲍嘉，也十分潇洒。临死前，他对妻子白考儿说：“再见，孩子。”

如果真爱一个人，那么离开的，只是肉体。正是那句俗话，“永远活在我们心中。”

两个非洲人，在利文斯顿死后，是这么做的：他们背着他干枯的尸体行走了 1500 公里，让利文斯顿的尸骨还乡，埋葬在他英国的故土，著名的威斯敏斯特教堂。

这样的小路，会通向怎样的一个家？刚来非洲时我总猜想。现在了然于心了。

时光荏苒，笑看聚散

坦噶尼喀是世界上最狭长的湖泊，也是仅次于俄罗斯贝加尔湖的世界第二深湖。

湖岸线蜿蜒曲折，许多地方，陡峻的山坡直插水中，形成笔直的悬崖峭壁。湖岸附近常常是深渊。

有些深渊是可以看见的，有些则不能。

你走了，我再没有深渊。

“坦噶尼喀”是湖中生长的一种荸荠的名称，这种植物漂浮水面，大片聚集，鲜嫩翠绿，果实可食，用作湖名是指这里为荸荠汇集的地方。

我们楼下，有一个花园。你用我的名字命名。你没有能力给我花园。但你给我诗意。但是，这一切，都过去了。

非洲有四个国家都拥有这湖的一部分。我和你共同拥有什么？只是回忆。而且，很可能，极可能，你都不住里面了。

晨曦初露，红鹤飞上天宇。我正想：一行红鹤飞上天，千鸣万转，但见数不清的红鹤一同展翅，如彩云飘浮在蓝天。欢欣的晨歌，直把心底的忧思排开，牵出明光的喜悦，就像抵达密林深处的阳光，拨开冷冬冰寒的春风。

白日，看高山耸立，飞瀑入湖。香蕉树绵延、无际，像时光一样。

我只是依赖吧。依赖旧日时光。因为未来无从把握，过去才最可靠。

夜晚，看人们捕鱼。各船头上的油灯闪闪烁烁，如星星落在湖面。有一船，只打了那么一条两斤左右的 Cichlid，两条更小的恩达加拉，就高兴地收网了。

我为什么这么贪婪呢？我离开你的现实生活，却还想霸占它。

坦噶尼喀湖浩瀚如海。阴天晴日，风景各有不同。虽世界大千，阡陌纵横，但终有交错。不知谁与谁，与何事，何心情，就相通起来。我忽然，就遇到范仲淹的岳阳楼。万流归海，我们终究会站到这里：心底的春和景明。海天一色，也与人心同晴。一碧万顷，更与人生共辽阔。这时，才幡然而悟。一味蜷缩在黑暗狭小里，真是辜负了好时光。之后，也更悟到，那些黑暗，不是别的，正是通向光明的通道。

我对你的怨念，只是为自己假设的无辜找借口。为什么不能勇于把责任承担下来？就是我的出走，直接导致了分手的结局。

我也不用怨恨自己。人生旅途，我因惊慌而迷路了。我慢慢静下心来，总会找到出口。人是越大，越有勇气吗？小学二年级，不是迷路，只是想找一条新路回家。虽然半天找不到，哭起来。但最后，我发现了新路。

金沙萨别后，我们没再交流。但是，我想，某个真相之上，是否另有天地？就像我迷路，总有不同，总有新鲜，总有所得。

离开北京时，我可能没这么想，走着，走着，它进入我。

没什么，不是你的，终将失去。人生风雨已多，往事何须再提？时光荏苒，笑看聚散。

非洲的心脏，我的心宁静起来。

我对风景，也有了新眼光。潺潺溪流，滚滚江河，无所谓大小，只要欢欣流淌即可。那些朴实的，也可以动人，有力。

七

埃塞俄比亚
不单纯的幸福

埃塞俄比亚有最古老的人类化石，有八大世界文化与自然遗产，是地球上第二古老的基督教国家。然而，就像这里的幸福不单纯一样，因为对你的思念，我的快乐也远非那么单纯。古老的埃塞俄比亚，太多与众不同。新年是9月。人们将原野盛开的 Meskal Daisies 做成花束，庆祝一年最幸福的时光。我们，是否还有好时光？

背着小山一样柴火的女人。

很穷，很快乐

在安头头山上，我看到一个女人。她赤脚，背着小山一样的柴火。她显然很吃力，她拄着棍子，腰弯得那么低。可她看到我时，却笑得那么灿烂。

也是在首都，我参观完博物馆出来，遇到同样来参观的学生。他们几十个，立刻把我团团围住。“你从哪里来？”“你叫什么名字？”孩子们像鸟儿一样叽叽喳喳。我答，也问他们简单的问题。我想和他们合影。可不巧存储卡的空间没了，得重新换一个。孩子们，还有他们的老师，那么耐心地等我。

你对我也足够有耐心。可是我的欲求无止境。

我足足用了一小时，才和他们真正告别。我走出好远回头看时，还有小孩向我飞吻。

埃塞俄比亚人的快乐，刚到那里，便可以感受到。

埃塞俄比亚人的热情，像它著名歌唱家Zenebetch Tadesse女士。一下子，就会把人弄得沸腾。

埃塞俄比亚人的性格，也像歌唱家Asnakech Worku，以及人们对她的态度。她穿白棉衣裙，抱着埃塞俄比亚古老的乐器。她不舞不动，她只是坐在那里。她一上来，掌声便起来。她唱起来，下面鸦雀无声。观众不是Zenebetch Tadesse女士在台上时那种澎湃的喊叫，而是一种心灵的聆听和执着的跟随。

你像她，不张扬，却让人刻骨铭心。

Asnakech Worku有坚毅的面孔和神情，仿佛历尽生活的磨难却从不低头。勇敢、无畏，这正是埃塞俄比亚人的性格。

我以为这世界上最穷的国家，没什么旅游资源。而我之所以来这里，是因为我憧憬这里。这里是非洲唯一没有被殖民化的国家，是唯一把侵略者赶出去的国家。意大利的军队、英国的军队、埃及的军队。埃及曾想占领整个尼罗河，对这里的入侵达 40 多次。

我听人讲到这过往时，感觉力量从自己的身上冒出来。

带我参观市场的人骄傲地告诉我：“晚上，店铺也不锁门。我们这里没有小偷。”

政府官员告诉我：“埃塞俄比亚的贪污腐败，比非洲任何国家比例都低。”我多方了解到他所说属实。

当我目睹这国家的贫穷后，我有些不公正地想：他们不贪污，也许因为没什么可贪污的。

海尔·塞拉西一世皇帝（非洲很多国家的城市都有以他名字命名的大道），曾领导埃塞俄比亚人民抵御意大利侵略，在国内推动革新开放，积极推动建立“非统”组织。1974 年，少壮派政变，把他推翻。从此开始社会主义。社会主义国家，人的精神状态普遍好，物质生活差。1983—1985 年埃塞俄比亚发生大饥荒，饿殍遍野。英文的“四海一家”大合唱，中文的“明天会更好”群星演唱，都是为援助埃塞俄比亚难民而写。你不知道吧？来埃塞俄比亚之前，我也不知道。

饥荒的后遗症延续至今。1995 年起，埃塞俄比亚新政府实行私有化，希望在大家的祈盼中。

埃塞俄比亚失业率高。即使在首都，乞丐也到处都是。在乡村，也可以看到一些盲人站在路边，以上帝的名义来乞讨。乞讨对于穆斯林和东正教来说，都是可以接受的生活方式。

在首都，丘吉尔林荫路上，有给贫穷者准备的低价餐食。“从那里可以用经济的价格买到代餐券。我觉得用这种方式比给街上的孩子们钱更能令我接受。”这是很多西方人的观点。真是经济的价格，才 5 毛钱。但穷人不爱要，他们更喜欢要钱。

就像现今多数人重视物质，可也有人重视精神一样，埃塞俄比亚没有肯尼亚等国那些殖民者留下的先进基础设施、就业通道、物质享受，但他们身心，一直是自由的。他们没有被奴役的记忆，没有被贫苦压弯的脊背，没有被贫瘠生活异化的心灵。他们笑脸明媚，坦诚，在非洲普遍的热情里，堪称第一。

我在这里两个多月，只有一次被宰的经历。埃塞俄比亚的出租没有计价器，路费要事先跟司机商量。那次，我去韩国彩虹餐厅，路费和我问的有些出入。

“根本不是这个价。”我装作内行的样子。

“可是，你是外国人呀。”那司机答。

你最恨欺诈，明的暗的都不行。有次我们去看电影，一票难求，黄牛党上来，你知道我是那么想看那影片，可你就是不干，那是你的原则。

我在 Gishen Mariam。我的身心是为节日准备的。我万想不到大家穿上盛装，只是因为今天有鸡吃。他们庆祝过节的原因如此简单。

当然，这里也有实用精神。游览 Asheten Mariam 教堂时，我和英国人安德鲁分骑两匹马，导游 Admassu Yilma Tadesse 步行。安德鲁的马一直很正常地走；我的马，一会儿停下拉屎，一会儿停下撒尿。它这样，我很不好意思，我让 Admassu 给我换匹好的。他说：“没事，她就是有点谨慎。”

之前，我从不知道，甚至从未意识到动物也有个性。在我眼里，这个，那个，都一样，没有区别。我只清楚群的区别，不晓得个体之间的差异。“给我换匹好的。”我所谓的好坏，习惯性地指体力、耐力，和性格无关。虽然这已涉及性格了。

安德鲁的马已经上到半山腰了，远远把我甩在后头。我骑的这马竟然挑路，稍陡峭，它便绕路而行。我想它和我一样，运动能力很差。我把这想法说出来。Admassu 笑了："那你可小看她了。她厉害着呢。她之所以这样，因为她肚子里有宝宝，她快做妈妈了。"

我被这话吓了一跳，立刻跳下来。"那不是欺负她吗？"

Admassu 笑："就是人怀孕了，也接着干活呀。上去吧。别看她怀孕了，走这山路，一定比你强得多。"

是的，这母亲，身手还是很敏捷，她只是，谨慎小心而已。

不过这登山之路，走得我颇不踏实。直到登顶，我看到秀丽景色中的拉利贝拉镇。

我会不会无辜"中招"

埃塞俄比亚人的实用精神更体现在他们对妓女的态度上。

如果没有与你分手，我不会对你讲这事，你会怪我轻率鲁莽。恋人间的完全透明，是我向往的，可难做到。就像轻舟行骇浪，一不小心，就会翻船。自私狭隘，是爱情的天生局限。做朋友，彼此没有更多诉求，也就更轻松自如。

我思维简单。我觉得贫穷的人都单纯、淳朴。我觉得贫困的人生活简单，需求少，只要有吃的就行。我以往行走非洲得来的经验如此。我忘记了人无法从其他渠道获得食物这一人体必需的条件时，人可能用身体去换钱。这其实该是世界上最简单的交换。

起初，我在 Memo 俱乐部看到有些女孩举止可疑时，我总觉得灯光太暗，自己看错了。当 Kifle 神秘一笑，说"Business Girl"，我还理解错了。我理解为在职场打拼的姑娘。工作压力大，所以下班后来此放松。

你还记得我们楼下开的第一家酒吧吗？

“我们也进去享受享受。”

我们狠下心，吃 60 元一盘的意大利面。

“咱们也来谈谈吧。”你装腔作势地说。

我看着灯光下，那么熟悉的你，觉得太可笑了。“咱们话都说完了，没什么可谈的了。”

后来我知道有欧洲男客专程来喜来登，到希尔顿酒店享受女色。我也无数次看到站街女。

这里应该有妓女，否则居世界第三位，300 万的艾滋病感染者都从哪里来。中国的那句老话“贫困起盗，富贵生淫”在这里好像正好相反。不，他们不是淫，他们用性、拯救、逃避，对抗贫困的生活，以及不期而遇的死亡。这里每年约 500 万人需粮食救济，44% 的人每天生活费不足 1 美元，婴儿死亡率高达 96.8‰，而只有 28.4% 的人有安全饮水。这里平均寿命 54.4 岁。这些从粮食、饮水、疾病，从方方面面躲过死亡的短寿人们，做些什么，又有什么不能被理解呢？

可即便如此，我压根没把 Lakech 往这方面想。

我在 Bole 路偶遇 Lakech 和她妈妈 Nigist。得知 Nigist 的失明是因为小小的沙眼，我把晚了 8 年的药送她，也顺便送些感冒等常见药。她们感激我的好心，邀请我去家里做客。

我知道这点上你会说我。你会这么说吗？“你不用药，就别买，买了又送人，你家是开银行的？”你通常会这么说，“药不像别的，吃出人命，你要负责的。”其实，每次送人药时，我都会想起你的话。可是，我不像从前，总听你的。我觉得，很多时候，你也不一定正确。我当面指正过几次。你对家人说：“看，这就是结果。你让她了解全世界。然后，她不相信你了。”你也太自信了，我认识的世界，全是通过你？

Lakech 家附近，她就在这样的环境里长大。

17 岁的 Lakech 美丽、热情，对事物充满好奇。

在她家，她给我煮仪式一样的咖啡。我问她们穿的民族服装叫什么，她便给我穿白棉布做成的“凯米斯”，外面再加上“沙玛”。她请我吃甘蔗。我说牙不好，她就用嘴啃去皮，给我。她男朋友来找她。Nigist 领我去院子里烤芋艿，把屋子让给他们。

“你对 Lakech 的男友满意吗？”我问。

“我不认识他。”她说。

够开放的。不认识，就让青春期的女儿单独和一个男人同处一室，我心想。而后 Lakech 的话，吓得我把芋艿扔地上了。Lakech 说：“我不认识他，他是别人介绍上门的，他是我的客人。”我又习惯性地以为那男人是她的工作客户。不对，她说过她没有职业呀。我思维慢，动作也慢，这也使得我扔芋艿的动作不那么突兀。我的心怦怦跳。为她们的坦诚，为 Lakech 的职业，更为我的风险。刚才，她可是用嘴帮我啃的甘蔗。而她热情地帮我穿在身上的“凯米斯”，也算是内衣。

我又勉强坐了 20 分钟，然后告辞。我不知道在她们眼里，这算不算狼狈出逃。

这个橄榄色皮肤、大眼小嘴、长腿细腰的女孩，这个称得上我在非洲遇到的最美的女孩，竟是妓女？那么热情单纯的女孩，竟是妓女？妓女该什么样？职业的笑容？皮短裙？

也许她刚从业，还没有职业态度，还没有在与男人的周旋中得来的世故，世态炎凉看多的冷漠。我只能接受她美丽外表给我的单纯印象，接受不了她的堕落吗？看起来不是堕落，只是工作。在埃塞俄比亚，这职业的合法是默许的，警察都不管，如果警察抓了，他要负责给妓女找工作。

当用电人口占全国人口的 13% 时，你希望大家夜晚都做什么？集体仰头看星星吗？我有这个想法时，倒是在看星星。我参加奥莫河谷探险，夜晚在奥莫河岸露营。纯净的流水、宁静的星光也没能抚平我内心的激荡。当Nigist 得了沙眼，一瓶眼药水的钱都没有；当她儿子 Tesfa 腿上小小的感染没钱治疗，之后是脓疮，最后一条腿锯了时，他们对上天的祈求，又和呼唤天上的星星有什么两样？ Nigist 这个名字的意思是女王。她清楚自己这个“女王”过的是什么生活。所以女儿的名字 Lakech 仅仅是“变得好起来”。儿子Tesfa 是“希望”。

我为他们的命运感叹，更祈求自己别无辜中招。如果我真得了艾滋病，你相信我是无辜的吗？

我阴沉的脸色被导游 Kebede 看出了。他问过我几次，我都没有说。晚上，我坐在帐篷前，他过来。我们简单聊了几句，然后，月光下，他说：“你需要点恰特。”那是我第一次听说恰特这名字。

“它会让你在劳累时，消除疲劳。”

我想起温泉、东非大裂谷，广布湖泊、河流，它们周围分布着大量温泉——有治疗效果的温泉。

我想起 Neakutoleab 教堂。据说，终年从教堂天花板流下来的水，形成了一个神奇的井，喝其水，能够百病皆无。

我想起坦桑尼亚能去热的火焰树皮，非洲人没钱看病，所以他们更深地懂得从自然中寻求。

时间太晚，我也就没接着问他什么是恰特。

第二天接着去 Turmi 镇，第三天去拜亥湖。埃塞俄比亚广阔辽远的自然、充满传奇的历史，证明了我此前多么无知。埃塞俄比亚的旅游设施不完善，但这未受人类侵扰的大自然，给我这热爱冒险的心灵最多的激荡。

生活如此简单

我从奥莫河谷返回首都时，早将恰特的事置之脑后。在首都休整几天后，我向东，去哈拉尔。哈拉尔的黑山是世界上唯一有野生咖啡的地方，那里的野生咖啡每年都要拿到伦敦拍卖。我更要寻找传说中最具侵略性的咖啡，世界上最贵的哈拉尔咖啡。

说起咖啡，好像马上要联想到欧洲。其实，咖啡最先是在伊斯兰世界开始盛行（也是，酒不让喝，总得喝点什么吧）。那是17世纪，欧洲人还不知咖啡为何物。1683年，土耳其第二次进攻维也纳。奥地利、波兰联手粉碎其进攻。在土耳其人撤退的战场上，除了大量丢弃的武器，还有几百个大口袋，装着棕色豆子。

这是干吗用的呀？谁也不知道。战争期间，有个波兰人科尔席兹基潜伏在土耳其军队中，他在君士坦丁堡，曾喝过用这种小豆烘焙后煮出来的饮料。土耳其人叫它“Kahve”。因为他提供了有利的情报，战后，奥地利政府奖赏他，问他要什么。他要了那几百袋小豆子。他在维也纳开了第一家咖啡馆。

世界上第一家咖啡馆，是在君士坦丁堡诞生的。如今，这个早改名叫伊斯坦布尔的地方，咖啡馆遍布。

土耳其咖啡（Turk Kahvesi）既不是蒸馏式的也不是冲泡式的，是用很细的土耳其咖啡粉，加冷水，用长勺小锅以小火慢煮至沸腾，要一杯杯煮。

说起咖啡，很多人会马上想到哥伦比亚。我曾经也以为那是咖啡的故乡。现在到非洲，才知道，咖啡的故乡是埃塞俄比亚。公元900年左右，埃塞俄比亚咖法地区一位牧羊人发现，羊群在吃过一种果实后，欢蹦乱跳。后来人也开始尝，觉得很兴奋。这种果实开始大面积种植。咖法也演变成后来的咖啡。

今天，埃塞俄比亚的生活也离不开咖啡，一杯咖啡相当于人民币两三元钱。

他们的咖啡，都是用传统的方式慢慢煮出来的。咖啡小姐也穿传统的带花边的白棉长裙。

埃塞俄比亚有不少咖啡店，很多咖啡不是纸包装或玻璃包装，而是装在布袋里。闻起来香香的。

比较特别的是绿颜色的 Limu。这是埃塞俄比亚最好的水洗咖啡之一，产量和耶加雪啡一样稀少。

非洲埃塞俄比亚人发现了咖啡，中世纪阿拉伯人栽培了咖啡，土耳其人发明了咖啡正宗科学的饮用法，欧洲人则把咖啡传遍全世界，并赋予其精神内涵。其实，中国人也做了贡献。中世纪晚期，中国人促进了咖啡从神饮药饮变为大众的休闲饮料。

车马上要进哈拉尔这座古城前，我不知为什么，突然从咖啡想到了恰特，我问坐在我左边的男人：“你知道什么是恰特吗？”

“在哈拉尔问这个，你是内行啊。”他说，然后递给我几片叶子，让我尝。

我尝了下，有些微苦、涩、麻、酥。

“怎么样？”他问。

我说不怎么样。

他笑：“这可是我们最好的东西。”

几小时后，我问路。那人给我指点后，从一树枝上摘下碧绿的叶子给我。“嚼了它，你会轻飘飘的。”

我摇头。

“嚼吧。它会让你忘却烦恼。”

我明白了，我的心狂跳起来。

“索马里每天要花 50 万美元到这里买这东西。”

我怒火中烧。我质问他为什么给我这东西。

他说：“这没有什么啊。你看，满大街的人都嚼这碧绿的叶子啊。它能让人精神放松，只会让人微微兴奋。”

我顺着他的指点，确实看到了一些人嚼这东西。

“哈拉尔人常说：生活如此简单，只需恰特。”

“嚼多会怎样？”

埃塞俄比亚人的坦诚又一次吓着了我。

“过多会导致精神涣散、有幻觉、失忆，甚至精神失常。”

之后，我确实看到了，这里的恰特草市场，生意兴隆。这里人们的唯一消遣就是嚼恰特。恰特草可以算是社交用品。今天，这里人们会把家中最好的房间辟为恰特草室，在那儿和亲朋嚼恰特、话家常。

其实，早在 13 世纪，当地人就开始嚼恰特草的嫩芽和叶子，来抵抗饥饿和疲劳。

我后来得知，种完恰特的土地，再不能种别的了。

土地神奇，像人一样，经过了刺激，就不再喜欢平常。金三角，就适合种罂粟。

我的心里，除了你外，还能接受别人吗？

看起来几乎所有哈拉尔人都嚼恰特的景象吓着了我，也让我想起埃塞俄比亚人几乎全民信教。

我问了几个人为什么。

“如果没有物质，我们至少有信仰。而且，这并不费事。”

埃塞俄比亚是世界上最早种植咖啡的国家，保持着最古老的咖啡文化。埃塞俄比亚人一天都离不开咖啡，喝咖啡有固定的时间和地点。埃塞俄比亚的咖啡，都是手工煮的。

“生活不是苦行。就这点快乐，你为何拒绝呢？”

说话人有明亮的双眼，快乐的笑容。

埃塞俄比亚人在我眼里，还是幸福的。但内涵已变。它不再是单纯的。它带着迷醉，微微的兴奋。

埃塞俄比亚，这世界上最穷的国家，几乎全民信教的国家，艾滋病却名列第三。如此的特别，就如它近乎神话一样的历史。

中世纪，有个传说流传很广。普莱斯特·约翰王国的国王，给教皇写过一封信，谋求合作。这现实中唯一出现的一次，却使寻找这个神秘的国家，成为中世纪最大的探险动力之一，这种努力一直持续到地理大发现。

据现在普遍的说法，这个王国最初大概是欧洲人对古老的埃塞俄比亚王国的记忆拼凑。

埃塞俄比亚有最古老的人类化石。阿法盆地上，记载着人类的光荣和梦想。

埃塞俄比亚是地球上第二古老的基督教国家，传说中十诫的圣物“约柜”就藏在锡安山圣玛丽亚天主教堂里。

拉力贝拉岩石教堂，是在岩石上雕刻出来的，深埋地下700年，一现惊世。在海拔3000米的坚硬石头山上，埃塞俄比亚人居然能凿刻出如此宏大、方圆十几里的教堂建筑群。

埃塞俄比亚有八大世界文化与自然遗产。“看见锡门山脉就好像初次见到美国的大峡谷。”

这里有太多的不同。

大街道有街名，小街道和胡同没有名字，各家住户也没有门牌号。

初次接吻，如相互把盐粒吐在对方的口中，表示俩人真诚相爱，情投意合。

这里每年有 13 个月。这里的圣诞节是 1 月 7 日。

这里的新年是 9 月。

那时 Meskal Daisies（类似雏菊）盛开，原野一片金黄。人们采摘它们，把它们做成花束。那是春天到来的标志，那是一年最幸福的时光。

我们，是否还有好时光？

这段经历一定把你吓一跳吧？我如此走，让你不离开我也难。

你走了，我却还是思念你。因为对你的思念，我的快乐也远非那么单纯。就像这里的幸福不单纯一样。

亚的斯亚贝巴圣三一教堂。这是埃塞俄比亚第二重要的宗教胜地，前国王海乐瑟拉希夫妇安葬于此。

八

每 个 人 心 里 都 有 一 亩 田

在津巴布韦，有人用15年实现了自己的梦：买土地，建马厩，把心思花在自己钟爱的事情上。但他太太不适应这样的生活，独自离开回到了城市。直到去世，他看上去闲适快乐，从不提起太太。一边是爱人，一边是梦，亦是冷暖自知。我也怀疑自己，是否做的是不应该的、不擅长的事。我们又该和现实，和自己爱的人，怎样在妥协和幸福间平衡。

如果你有一亩田，你会种些花草还是绿色蔬菜？

如果你有11公顷呢？

斯坦福把它辟为鸟园。

看到这面湖，湖边的游船，草地上，高大紫花树下闲坐的人们，很少有人会想到这片土地归私人所有。

15年前，这片地没人中意。斯坦福，这个美国出生的津巴布韦人，仅花1万美元便买下它。津巴布韦鸟类繁多，沿湖就有450多种。还有从开普敦，甚至美国迁徙而来的。朋友们说："你何不开个鸟园？"斯坦福动心了。他把哈拉雷城里的住房、生意都处理掉，来到郊外，开始他的田园生活。

和通常先建院子后盖房不同，他先把房子盖上了。结果被告知，房子离湖太近，会被水冲垮。这些能让别人也分享他田园生活的Camp，他很满意。所以，他没有动房子，他动湖，填土。

有棵小树，横在中间，碍事，砍了。但它马上长出来。砍了几十次，小树却总是接着长。那谁也没办法了，只能让它长在这里了。如今，它在填湖而成的陆地草坪中央，虽还是一棵小树，却也有几分风姿。

我对你的思念，也像这棵小树。

"这是我的一个故事。"斯坦福笑着对我说，"但除了你，没人问过我这棵树的事。"

斯坦福比他的年纪——48岁——要显老，许是操劳过多，也笑得过多吧。但他的热情、爽朗，会感染到这里的每个人。

土地虽是那么便宜就买下的，建设、经营，却花费了他11年时间。当然，把心思花在自己钟爱的事情上，也是乐趣所在。自己的家，想怎么弄就怎么弄，也有美国人的随意在其中吧，很多地方，都是不用尺，用步量的。不过，这湖心岛，这小木桥，这草地，这 Camp，看起来都是那么舒展、有序。

鹫、鹰、秘书鸟、火烈鸟、孔雀、天鹅、大雁，也因为私人圈养，而多出几分意趣。斯坦福叫它们时，它们回应。我马上跟着叫，嘿，它们压根不理我。我正觉得下不来台，嘿，那边鹦鹉搭话了。不仅会“Hello”，还会“你好”呢。鹦鹉的种类更是繁多。

鹈鹕等也会跟着他散步。

原来我觉得生活在非洲大陆的秘书鸟很神秘奇特，现在终于见到，可以看个够了。它们长得大，近 1 米；窝也建得大，直径可达 1.8 米。它们喜欢阿拉伯橡胶树平顶的树冠，上面视野非常开阔。它们飞起来时，两根尾羽飞舞，飘带般，宛若仙女。它们之所以叫秘书鸟，是因头上长着羽笔一样的冠羽，像中世纪帽子上插着羽笔的书记员。它的学名叫鹭鹰。

从前听过这么个传说：科学家骑着马向秘书鸟飞奔。秘书鸟迈开大步奔逃。秘书鸟跑得比马快，但耐力不够。其实，它一飞就可以彻底解决问题，但是，它不飞，偏要跑。

“我看过资料，说秘书鸟产卵时在雨季，食物丰沛；雏鸟孵出却是在旱季，食物匮乏。这不很傻吗？”

斯坦福笑着说：“其实它们很聪明。旱季，林火会烧死一些动物、昆虫，这正是它们的食物来源。”

它们一夫一妻，终生不离。

有关秘书鸟的身世众说纷纭，归属问题至今尚未解决。

园中也有野猪。那样野的动物，却和斯坦福亲热，是他从小养大的。园中这些，多是他从小养起，也有受伤后被他捡回来的，都有自己的名字，跟他的孩子似的。

斯坦福的私人田园，里面有鹫、鹰、火烈鸟、秘书鸟等各种鸟类。

此外，也有小鹿，原来是一对。母鹿怀孕了，本是好事。可是过几天，蟒蛇把它吃了。园中防蛇，是首要的。

湖的一侧，铁架上有滑道。斯坦福的儿子，和园中养鸟人的儿子，正在玩耍。孩子们攀上接近 20 级的铁架子，站到平台上，然后悠然地向百米外的地方滑去。在家，就能玩这样的游戏，我再一次被梦想牵动。那样的高度，该是更入眼的风景吧，感觉有些像鸟吧。孩子们不理会这些，也是看惯了，快速滑过，然后再急急地跑回来。

斯坦福看着他们，慈父的眼光充满笑意。他有两个儿子，眼前这个，14 岁。

这个世外桃源唯一不和谐的地方，是他太太不喜欢这里。她是英国人，爱城市生活，不喜欢田园，多次劝他把这里卖掉，回哈拉雷。这是不错的投资，现在地价飙升。可斯坦福不愿意，曾经他梦想的生活，已经慢慢实现，已经成为他不能缺失、舍弃的生活。而借由这处田园，他的朋友们，也会在假日，身心松缓，开始与自然最会意的交流。

斯坦福的梦想也是和更多人分享这田园。那在湖里玩快艇的，那在岸边垂钓的，那在茅草棚下烧烤的，那在园中看鸟的，有哈拉雷本地人、外地人，也有慕名来此的外国人。很非洲风格的 Camp，设施齐全，一晚才十几个美元。

我不知道在这里说他太太合不合适。因为斯坦福说他几乎不提他太太。她 5 年前过世了。但我想还原这个故事最真实的面目。我们的梦想，实现起来是多么困难，除了外界因素，我们自身条件，我们还要沟通，平衡所爱的人。这是最大的取舍。所以更多人，只能在他人的田园里，找自己的自然。然后被这湖光山色，触动起内心的柔软。一个似乎已被忘却的，久远的梦，随着黄昏大批鸟的飞临，翩然而至。

在这黄昏里，我也开始怀疑自己。是否做的，是不应该的，不擅长的事。人生充满诸多这样那样的矛盾，这样的丰富性也让我们看到了人生更多的可能性。

只是，我们又该和现实，和自己爱的人，怎样在妥协和幸福间平衡？

听这里的朋友说，前两年有位高官要收回鸟园，公众反对，上了报纸，鸟园保住了。

九

我在罗马
你可愿过来一聚

你突然来邮件：我在罗马，可愿过来一聚？我们开始有淡漠的陌生。我穿吊带背心不让进圣彼得教堂。你脱了上衣，给我穿，光膀子等我。我进去的时间长，你生气。我们乘火车，一个意大利女孩，把你拉出去练英语。一去，竟两个多小时。我该去找你吗？此时，我是你什么人？“就这一步。”你说，“或是你踏上归途，或是我永远离开。”

只绽放在自己的花季

今天，我意外收到你的邮件。标题是：佛罗伦萨：激情平息后的诗意。

徐志摩的翡冷翠翻译得确实好。但它更像是一块玉，而不像一座城市的名字。我说翡冷翠，没有一个意大利人听得懂我在说什么。我说佛罗伦萨，就会有一半人知道我所讲。意大利语中，这浪漫的城市叫“费润姿”。

这是意大利最诗意的城市。

这里有欧洲最美丽的圣玛丽亚百花主教堂，有波提切利《维纳斯的诞生》，有米开朗基罗那著名的“大卫”雕像，还有无数的世界珍品。

更重要的是，它把那时的氛围，也保留了下来。

如果在黄昏，经过米开朗基罗广场，你会看到这样的情景：灿烂夕阳，拥围着大教堂的一片橘红色屋顶。它们后面，灰粉色的天空勾勒着托斯卡那山的黛色轮廓。左边的老桥，再左边的三圣桥。游荡在广场、橄榄树间蜿蜒宁静小径上的游人，都停下来，沉醉在黄昏蜜色的沉静和微醉里。文艺复兴时期的金色光辉，在每天的这个时候重返。

维基奥桥，为纪念 Cellini 百年诞辰，维基奥出资兴建的。因为只允许开金银首饰的店铺在这里经营，这桥又叫金桥。

每家窗户上都有一个铁钩子。白天时，窗户往上面一挂就行了。

店面都不大，因为寸土寸金，却都华贵。橱窗里时尚、流光溢彩的金饰银饰让你忍不住慢下脚步。三两个顾客后的小窗，安静地映着阿尔诺河上安静的明媚。

夜晚，花饰的木门一扇扇关了。店铺关了，这里仍是热闹。皮包、皮带、太阳镜、丝巾，在地摊上叫卖。有很多黑人，也有中国人，也有意大利人。纸盒做的一对小人在音乐下舞蹈，吸引了一些孩子。“这个最不合算了。一晚上没卖出什么，还费了不少电池。”Cellni 的雕像旁，坐了不少人，很多人坐在桥上。对面，几个人在弹吉他。缓坡、狭窄的小街，石子路，喧闹和灯火。阿尔诺河波光潋滟，佛罗伦萨灯火迷离。

这桥也叫老桥。因为但丁，而被世人所知。就是在这桥上，但丁遇到了贝德尼采。他们无缘在一起。贝姑娘死后，为了排解，但丁开始研究神学和哲学。他因此写出《神曲》。

那么漫长的时光已经过去
我的精神无从再去亲她的芳泽
……

佛罗伦萨也有但丁的家。如果你去，会有人用意大利语如此为你吟诵。

我们真是心有灵犀。我给你的信，也是从佛罗伦萨开始。只不过这些信，还没有到你手里。我设定了一个时间，它们会慢慢到达。我也写了信，给未来的自己。

你只描述了佛罗伦萨，没说别的。

半小时后，又一封信来了。这次只有标题：我在罗马，你可愿过来一聚？

此前，我爱情的荒野一片漆黑。你这几个字，像小火苗一样，悠忽飘过。我想想，决定过去。

大学毕业后，我们住的地方相隔很远。有一次，我让你在 15 路南礼士路站等我。我想当然地以为方向相反，车站必在马路对面。从北边过来的 15 路，单行，没有南礼士路站，而是停在复兴门。我们没有办法联络，当天能不能出北京，全凭运气。

这个不存在的车站，没有难倒我们。

我们相逢在路上，你笑我笑。

我们再次相逢的车站，是不是不存在呢？离开北京前，我想，我们基本算是放手了。因为我们的爱情已经处于危险的境地。距离、时间，每一样都是致命的。

闺密安洁，只是出去培训两月，男友就出轨了。“我并不真的想委托我的女友照顾他，我只是考验他。”她哭着对我说，“如果你不想失去爱情，千万别去考验它。”

我说：“是的。就像你钟爱的围巾。放在家里好好的。可你偏要把它晾在外面，还不夹上夹子，哪阵大风都能吹跑它。”

这世界的善变，倒也给我理由。如果别人的爱情都变，我又怎能保证自己的恒久呢？这年头，还有永远的爱情吗？与其在这上面做梦，还不如让我真的走进自己的梦。我一个人能做主的梦。就当我辜负了你吧。

其实，我也是用自己的方式珍惜着：只要自己不变，这感情就可以不变。

在奔赴你约定的路上，我思绪万千，兴奋激动。我会不会立刻扑进你的怀抱？还管什么梦想，我要放弃天涯海角的追寻，立刻卷包和你回家。

这是我们第一次在异地碰面。你选的是罗马，想来就让人激昂。

罗马的汽车，没有报站，我一站站地盯着。但我忘记下车要先按铃了。不巧这站正好没有旁人上下，橙色汽车便一溜烟驶过去。我想起时，没好意思喊，即使喊，也跑出百米了。我在下站下车，又等半天反方向返回。

到你面前时，晚了40分钟。

我想象与你的激情相逢，如今，都躲在这迟到的背后。

一时不知从何说起，我只有安静地微笑。

你也远远地站着。

你身上有无新伴侣的气息？我辨识一下。我没看出有，也没看出没有。

我没想到时间已经过去两年。我们开始有淡漠的陌生。

你抬起左腕一下，好像在等我的解释。我和大多数人一样，有手机后就再不用手表了。你不一样。你对过去的东西深怀留恋，就是这本性，才使你今天还能和我约在这里吧。我从这里找到些信心，如实告诉你我迟到的理由。

“是呀，”你说，“不事先通知一声，谁还专门为你停车？停车都是需要成本的。”

你好奇怪。这么长时间过去，才说。

也是，不当面，怎么说？你喜欢面对面，不像我喜欢写信。

我们不再青春，经历、心理都不再单纯，一点小事，也能想到别的。

我理亏，所以我不计较了。我接着说：“这是我第二次来罗马。第一次，我在公车上想买票时，人家告诉我，车上不卖票，上车前要先买票，一般在烟草店买。”

“你不是走过很多地方吗？还这么外行？”你句句带刺。

也许过去，你都忍着。现在，一并爆发了。

“这么久，你都干什么来着，想什么来着。”

我在走，在想。且不说每天有 30 万人从这地球上消失，就是年年岁岁花开相似而人不同，就是“朝如丝，暮如雪”也够让人感慨生命的无常。滚滚红尘，风来云往，生来死去，聚散离合，我们如何看待？得失取舍，我们如何把握？

生命是一段充满未知的旅程，我们能不能把它的不可预测看成惊喜精彩？我们能不能把这无常看成缤纷？痛苦是否让我们沉思、澄明？挫折是否是祸中之福，让我们耐心、坚强？

万法从心起。它无处寻觅，也无处不在。

因为心中凌乱，罗马在我眼里也是凌乱的，失去了原来的魅力。

美好生活，是每个意大利人所崇尚的。缤纷鲜花，漫长午休，神圣不可侵犯的假期，听不完的音乐、踢不完的足球、品不完的佳肴……

最好的改变方法，是我们跟内在力量沟通。然后它改变我们。但这内在力量，需要我们的历练，需要我们亲身经历、领悟。我们坐在那里，是等不来的。

我们得掌握规律，在规律之中，才能应变自如，和外界、自然、社会协和。万法之宗，便是顺其自然。所谓顺其自然，不是消极，而是平和。一切不过云在青天水在瓶。

我知道我要抵达那里。但是现在，我的心还做不到。我有障碍、困惑。我甚至还局限在对你信任的怀疑里。

你还在激烈地说着。我沉默。

我还做不到和颜悦色。但我感觉自己已能超脱出眼前。我告诉自己：不妄想，分别，执着。我要努力改善内心的不平衡。我的心要光明、向上。我要学会乐观，不担心未来。我不能在障碍里裹足，而要冲破它。因缘际会，我们能在罗马见，这已是好时光。我不感念你旧日的温柔体贴，我就直面你现在的抱怨愤怒。淡出淡进，任运随缘。心境简单，生死也便平常。

我不知道这算不算修炼。我殷切希望自己能找到对自然、对人生、对自己的新看法。

吃完午餐，你的情绪好了，也许是一路饿的吧。从前，你不会为任何事发火，也怪我这次犯的错大了。说走就走，搁谁，谁有好脾气？

西班牙台阶上人来人往。这里最初是想建个喷泉，可媲美许愿池。因经费庞大，遂改建了。1725 年，法国大使援建的，但因西班牙使馆在这里，所以取名西班牙台阶。这台阶确实与众不同，又大又高，直曲相济，仿佛是手臂，将爱人的微笑风雨统揽入怀，仿佛在爱的弯曲柔波里，是一日日的疏朗开阔。

更因了奥斯卡那大片，这美丽大气的台阶，声名远播。

时值春天，台阶中间的花台，开满杜鹃。我对日常的东西，没有太多兴致。但想起“等到漫山开满杜鹃时”，那似乎是爱回归的代名词。

你也注意到了，更让我欣喜的是你的品评:“杜鹃虽给人喧腾热闹的感觉，但它只在自己的花季绽放。”

总弄塔罗牌、星座的安洁，对花语也有研究。上周，MSN 上，她说：果真，果真，你喜欢的波斯菊，花语就是野性，自由。她问我你喜欢什么。我说，都是过去式了。她坚持。我说：杜鹃花。她说：杜鹃花的花语是永远属于你，喜欢此花的人纯真无邪，对爱不会轻易改变。

“把 Roma 倒过来写是 Amor，拉丁语里，这正是‘爱’的意思。”我想起罗马人总这么说。

一切，都是好预兆。

我们在宽大的台阶上坐着，亚平宁的阳光，慢慢变成北京的。

“随地而坐，好像回到大学时代。”你说。

是啊，下午时分，我们总喜欢坐在操场上。

“我们出去旅行时，你也随地坐啊。”我把时间拉近。

“是啊，我好几年没有出门了。”

上次在罗马，我并没有在许愿池许下心愿。我也没想会这么快重回罗马。但把你约在西班牙广场，是因为赫本在这里上演过甜蜜的《罗马假日》。此前我心情沉郁，没有兴致寻找明快悠闲的爱情。

如织人群、卖花小贩，画像的街头艺术家，很多女孩学赫本吃冰激凌。

我走下台阶，恋恋不舍地回望埃及方尖碑、山上的圣三一教堂、笔直的棕榈树。

你心情大好，我们又去台阶右边济慈的家转转。“听见的音乐真美，但那听不见的更美。”

“一部经典片的诞生不容易。”你说，“拍《罗马假日》时，因为要清场，摄制组到处贿赂。你想想，在罗马清场，那得多浩荡的工作。时值酷暑，演员脸上的妆根本挂不住。太热，也没有胃口，赫本每天只喝一点香槟。”

“赫本随《修女传》的剧组来到非洲。她开始很不习惯，后来渐渐喜欢上了。她说在那里可以看到世界上最纯朴、最善良的人们。《修女传》又把万人眼球吸引到赫本身上。”

“怎么一下子说到非洲了？”你有些讥讽地说，“非洲，好像你的前世情人啊。”

我也觉得挺奇怪的。

西班牙广场的中间，也有个喷泉。我之前见过的喷泉，都是高高向上。这个，几乎和地面一边高。人们的心情，决定他们的眼睛。我最初，还把这喷泉看成了一条象征吉庆的鱼，听旁边一中国游客说“破船喷泉”，这才注意到，确是一条破船，半淹在水池中。

你说，1598 年，罗马大水，台伯河泛滥，洪水之后，一条破船，搁浅在西班牙广场。1627 年，意大利著名建筑师贝尼尼父子，以此为题材，设计了此喷泉。喷泉建好不久，意大利巴洛克建筑的最伟大代表——老贝尼尼去世。

我和大多数人一样，知道西班牙广场有经典甜蜜爱情，却不知道这里也是破船的搁浅地。

我舒畅的心里有了些停滞，从想象的美好回到现实。

我们接下来乘 44 路，去真理之口。真理之口原本是一块大巨石，雕刻成河神的脸。因为在《罗马假日》里被描绘成一块测谎石，络绎不绝的游人来此排队，把手伸进河神的大嘴。

你把手伸进时，我假装平常。我心里的眼睛瞪得大大。虽然知道不可能，我还是怕它会突然张嘴，咬住你的手。

我怕你说什么谎呢？你并没有只言片语对我诉说爱恋。

I Don't Want to Miss a Thing

拖鞋、吊带背心，这夏季女子最寻常的装束，可以在男人西装旁出现的装束，可以进出最高级场所的装束，终于在这圣地遇到了障碍。在圣彼得大教堂的右侧，在工作人员的审查下，我被禁止进入教堂。我的左边、右边，有很多被禁止的人。他们是穿大短裤的男人，露肩膀或背的女人。

"我是从非洲特意赶来的。"

"大家都是从世界各地来的。"

我又解释。

"对不起，小姐，我们也没有办法。"

我退下来，对你说："要不，我去对面的和解路买条围巾围上？"

你同我前去。

那么难看的围巾，10欧元！抢钱的意大利，一杯可乐就要4欧元。

"我的衣服借给你，你出来后我再进。"你突然说，脱下衬衫。见你光裸着上身，我突然想笑。这有点像足球场上突然出现的裸跑者。

"这多不合适呀？"

"没事，你看，那边也有人这样。"

我顺着你的目光，在右边的石墙下，果然看到5个同样裸着上身的小伙子。

不拘泥于历史的厚重和沧桑，和过去保持着亲密又恰切的距离。在今天的蓝天下享受灿烂、浪漫，这就是意大利人的生活。

罗马的魅力更在于它的交融。各个时期，不同风格的建筑、文化、艺术，它们水乳交融地交汇在这里。而且，融会在热闹而市井的现实幸福生活中。如果错开8月，你会看到，费里尼的罗马是真实的。

其中一个，刚套上从女伴身上下来的上衣，正匆匆往教堂的入口走。

虽然参观过不少欧洲的教堂，但刚进大殿堂，我就被镇住了。一个男孩给一个女孩介绍，我免费听着："殿堂长186米，顶部的圆穹直径42米，离地面120米。"何其宏伟壮观！彩色大理石铺成的地面光可鉴人。高高的石柱、鲜活的雕塑、精美的浮雕，华丽得让人睁不开眼睛。

阳光从恢宏高阔的穹顶射下来，仿佛天堂的光芒。我愣在那里半天。教堂中央著名大拱形屋顶，开始是圆顶，后来强调明暗对比，采用玫瑰花窗。后来，71岁的米开朗基罗，重开圆顶，中间经过百年。

我看贝尼尼雕制的青铜华盖和圣彼得宝座；米开朗基罗的《圣殇》。那是他不满25岁完成的伟大作品。玛利亚怀抱耶稣，毫无悲哀表情，而是平静祥和。

虽然知道圆穹顶部，是眺望罗马全城的最佳视角，我还是跟着大家，一层层看，最后到顶。虽然之间也想过你几次，但我还是没折回脚步。

不知你会不会不高兴？回来的路上，我预想。

你光着膀子，听MP4。我站到你面前时，你没有反应。

"听什么歌这么入神？"

"I Don't Want to Miss a Thing." 你说，接过你的衬衫，把MP4丢给我。

望着你远去的背影，我舒口气。

音乐还响着，我接着听。我第一次听到这音乐。它近乎声嘶力竭的深情让人激昂沸腾。"我不想闭上眼睛，不想睡。我只想看你熟睡的样子。"

类似的话，你也曾对我说过。每天，临睡前，你总是不开心。"我们就要告别了。" 我笑，"我们可以梦到一起。"

没多久，你出来了。

我摘下耳机："你怎么这么快？"

"谁像你？"

"这歌真好听。I Don't Want to Miss a Thing."

"Don't Want to Miss a Thing."你重复，然后，语气变了，"是的，你也不想错过旅途中任何一处风景。每处风景的每个细节。你已经变了，成了我不认识的另一个人。从前你不是这样。你总是为对方着想。"

我没有说话。

"有天早上我醒来，突然觉得一个人，能那么勇敢地去追自己的梦，这难能可贵。虽然还不确切，但我仿佛知道了你的梦是什么。这时候我听到这首歌，我一下子被它震撼了。歌中唱'我是否是你寻找的人。'这点我很确定。'我不想闭上眼睛，不想睡。我不想错过一件事。'我没有错过你的青春，也不想错过你接下来的锦绣年华。我来找你，可是你晚到。"

"我给你解释原因了。"

"可是过去，你从不迟到。毕业后，我们第一次约会，你早到两小时。"

"我怕万一你会早到。"

"现在你不怕了。现在，你让我光着膀子在这里站几小时都不在乎。"

"我被这教堂震撼了。"

"除我之外，什么都能把你震撼。换了别人，早甩手走开。我对你念念不忘，刻骨铭心。你呢？"

"好吧，在你刻骨铭心的爱情中，我只有应付。"

"我不远万里，来这里找你。你怎么做的？"

"你来找我？你去非洲了吗？估计你就是在罗马开会，顺便把我约在这里。是我，特意从非洲赶来。”

“你和我斤斤计较？你一走了之，我说什么没有？非洲？你做梦吧，我永远不会去非洲找你！非洲，我现在一听非洲就来气。奔放？自由？你接着去非洲找你的自由吧。”

我们回罗马的路上，没再说一句话。

罗马，过去千年的时光，与今日并存。

我们，过去的美好，与现在的破碎共存。

我拼命把心思游离出此事。

罗马的教堂也不准穿背心短裤的人进。但教堂会给游人准备披在身上的纱。我觉得这很虚伪。一层薄纱能盖住什么？何况有人一进教堂就把纱摘掉了。后来我想这纱其实很绝妙，恰恰体现了现代的凡人与神之间的关系。而在圣彼得教堂——世界上最大的教堂藏着最大的虚伪。神再把眼睛抬高一些，就可以看到广场。我不知他们看到那些裸露的人会做何感想。他们是神，他们都不用把眼睛抬高就可以看到。他们是神，他们都不用看，就该知道我们的内心。

一旦错过，就不在

如果你有挽回的想法，我也努力吧。你说你准备乘火车北上，我是否一起去。

我说好。

我们坐硬座去青岛。7 月的车厢，闷热如桑拿。

我们去泰山看日出，回北京连硬座也没有。我们一直坐在车厢连接处。

我们乘三天的火车去云南，看着窗外满是绿，也不脏呀，回到旅馆洗衣服，水怎么那么黑?

那时的丽江、阳朔，还没有落入俗套，是清新的休憩，不泛滥一夜情。

去北海看银滩。在张家界，感觉羽化。

火车哐当哐当，把激情和梦想编入我们的青春。

美好的感觉慢慢回来，仿佛重回我们的往日时光。

你已经足够宽容，陪我走过这么多山水。你在容忍中，终于说出："牵手心爱的人，带着喜欢的歌，去梦想的地方。这也不错。"

你以为我终于会安稳下来。你觉得我所谓的理想，也就这样吧。你不知道我的欲望永无止境，而且，越来越离谱。

当我说出我的决定时，你不相信。

我拿出辞职信、卖房合同。

"你不爱我了，是吗？"你的黑眸子，那么沉静地望着我。

"我爱你，可更爱自由。"

"我给你的自由还不够吗？"你从我的眼里看到了答案，接着说，"是的，我能给你的是一个家。你想要的，却是整片天空。"

"你知道你此番前去，要面对多少危险吗？"

"你陪我呀。"

然后，你说出了我本知道的话："我是个男人，不能像你，一辈子游游逛逛。"

你带我去了趟后海，我们在一间酒吧坐了一下午。

“从我爸被查出肺癌到今天，我整整在医院待了半年。我感觉作为个体的卑微、苦痛，尊严的丧失，价值的幻灭。对失去所爱的无能为力，无法承受。在我必须单独面临人生的难题前，”我看着你，忍痛说下去，“比如你的离开。我必须真正地独立，勇敢地站立。”

你没有说话。

“一个人如果想清醒，就去医院走一趟。”

你说你理解。

“我想起我们看过的流星雨。既然我们终要陨落，那何不纵情燃烧？”

“若干年后，如果你想找我，就来这里。”

窗子朝西，昏黄的落日映在竹帘上。

清新的喜悦，是上帝给年少时光的礼物，慢慢长大，连喜悦都不再单纯。

我心里和你说再见，很多再见的本意是永别。我知道，世间纷杂，会有很多人、事，夹在我们中间。

再次面对，我们都不再是从前的自己。

这些事出现过吗？还是只存在于我的梦中？

列车穿梭在阳光与阴影中，仿佛今日和从前的交错，现实与梦境的交错。我苦难的逃离、追寻，何时与我的激情、梦想、自由连在了一起？

车窗外的风景看腻了，我给你看我拍的照片。

“这就是你的罗马？手机就拍了？你胆子真大。”

“相机没电了。”

“你还真不如你爸，在楼下拍个花都用单反。”

“拍成什么样，又有什么关系？我更在乎的是心灵的经历。”

我们之间已经不堪，一件事，一句话，就能冒火。

我的心情迂回曲折。你削好个苹果，递给我时，我感觉我们之间，爱意尚存。这时，一个大嘴的漂亮女孩过来，径直走向你。

“你好。我想去米兰应聘，想找你临时再练练英语。”

你站起来，跟她走了。

她没跟我打一下招呼。你也没有。

你一去，竟然就是两个多小时。

我没去找你。不知道这时候，我是你什么人。心里还是生气。沧海桑田，你终于有把我晒一边的时候了。

你回来了，一句解释也没有。

你一直听歌，没有和我说话。

我也懒得开口。

车停前，你突然说：“就这一步，或是你踏上归途，或是我永远离开。”

我多愿自己是个安分的女子，在你温柔的爱中，平静幸福地走完此生。可我宁死在火山的红色火焰里，也不愿让平常的岁月染白我的长发。我不愿永远做那个在上下班路上奔忙的人。我想看看自己，到底还能成为什么样的人。生命的不确定，让我狂喜。而你例行的假期陪我出门，因为常态而不再激发我的激情。那和梦想保持着安全距离的旅游，太平庸，没有冒险，让我失去兴致。

你那么仁慈，现在还给我机会。可是，我已经知道路在哪里，我是不是更该走下去？尤其是我们的爱情，再难回纯真、平和之境。

“我准备重回非洲。”

“和我想的一样。看来，我们只能各过各的了。记住了，我们永远分手！”你说着，拿起行李走了。

我们迢迢千万里，来意大利分手，多荒唐搞笑！

这是必然。这几天，我们的行李一直没有整理在一处。

你的逃离是果断还是慌张？你的 MP4 都忘记带了。我也懒得再和你说一句。

我把 MP4 拿起来，里面是刘若英的歌：我终于在眼泪中明白，有些人，一旦错过，就不在。

一旦错过，就不在。那是爱的普遍规律。这个下午，它如匕首，明晃晃指向我。

所谓死灰复燃，不甘的只是一段旧情，一份对自己往日纯情的怀恋。你挑剔，指责我，再不是过去那个容忍我的人。我们任何人，都难回昨日之境。

当然，归根结底，责任在我。这点我清楚。我就该为自己的选择负责。

我的寂静中，也自有清新明朗。我终于可以完全放下你。

十

有什么，比得到更幸福

我的旅游帖子，引起关注，有华人请我去西非。我和在科特迪瓦工作的潇潇大雨夜去金矿；开玩笑说领养一个孩子，结果脱不了手，直到惊动酋长；头上梳214根辫子。我在中餐馆做义工，参加大游行，经历战争。我去马里传说之城廷巴克图。很多人说，“带我去非洲吧……”日子长了，他们的冲动回归平和的生活。即将大学毕业的林晨，始终如一追随我。

我在西非的冒险

我的非洲旅行帖得到了更多人的回应，开始有华人请我去西非。

潇潇是一家中资机构的总经理助理。她聪明伶俐，踏实能干，又从不歧视黑人，深得合作伙伴索德蜜上上下下的喜欢。索德蜜是科特迪瓦国有矿业公司。

潇潇觉得我的印度裙子不错，准备照样做一条，跟黑人裁缝描述了一番。可他根本不懂，只好回家把我那裙子取来。“能做。”黑裁缝看罢说。只要有样子，他们还是什么都能做的。

裁缝给潇潇量了腰围后说：“可以了。”中国裁缝，且量一气呢，他这么快就结束了？我不禁佩服起他来。新裙子做出来了，潇潇一试。我到小腿那儿的裙子，潇潇都到了脚面；臀部那儿，更是肥出半尺。怎么能做出这样子啊？我和潇潇想了半天才明白。原来这裙子是潇潇的腰围，而臀围、裙长什么的都按我那裙子的尺寸来做的。“怎么回事儿啊？”潇潇问。

“对不起，”裁缝说，“我只量了腰围，其他的忘了。”

当时他手头就这么一件事，竟然如此糊涂。

我们也做非洲衣服，经常穿一模一样的出来。从前，我从来不和别人撞衫，现在和她穿一样的，觉得特别开心。

网友飞飞问我：“你能告诉我，非洲人那辫子怎么扎的吗？他们洗头发怎么洗呢？他们的头发不是只能长两公分吗？”

我回：“飞飞，你真行，知道他们的头发只能长两公分。”

女人们扎的，都是假发。中国人做假发生意，比如西非，是湖北人在做。

即使编辫子，也直接水洗，不像我们那样打开洗。也有的，一剪刀剪掉，这就是我曾经做义工的四川饭店。老板娘简梅说："你一来，我生意就好。"

从著名的象牙饭店眺望波拉多区。

与孩子们合影。

暴雨，这么大的树都倒了。

再买新的。

说起我和潇潇编辫子的经历，至今难忘。

她找当地姑娘上门给我们编辫子，整整用了12小时！编的人辛苦，被编的人更辛苦。我不停换位置，结果还是腰酸背痛。而且，还没有臭美一天，就感觉痒。我一共梳了214根辫子，这就是214个痒啊。我把手放到头上，用指肚使劲按头皮，还不行，我就用指甲轻轻地慢慢地在细细的辫子中间抓，这一抓，就不能停了，一停下来，就奇痒无比，什么事都干不下去了。头皮上起了好多红点，都成疹子了。

潇潇也比我好不到哪儿去，第二天晚上就把头洗了。虽然黑人说可以直接洗，可洗了后辫子还是毛了，她就去发廊重新收拾了一下，接着刘海儿的一根辫子还开了，她自己重新梳了一遍，结果在索德蜜，那辫子自己掉下来了。

第三天，我也终于忍不住把头洗了，也是那么直接洗的。洗完头后，可真觉得爽。可就坚持了半小时，半小时后又开始痒了，再受不了了，拆吧。可这拆也不是容易的事。两个晚上，拆得我心烦意乱。头发开始掉，一把把的。现在，头发只剩原来三分之一了。

潇潇带我去他们的外方经理家做客，还带我驱车几百公里去金矿。大暴雨，连续十几个小时，惊雷一刻不停地在车边炸响。路上，两三人合抱的大树都纷纷被击倒。雷雨过后，车旁全是雾，我们仿佛在云中漫步。

在村里，我和一个黑女人开玩笑说想领养她的孩子，结果她马上把孩子塞到我手里。我再还不回去了，直到惊动酋长。

我也经常独自去当地人家做客，听他们讲民俗奇闻。布吉苏族，曾用荆棘试婚。为考验对爱情是否坚贞，青年男女结婚前，要被装进一个满是荆棘的大白布袋里，捆好后放上一夜。人在白布袋里稍一动弹，就会被荆棘刺得皮破血流。尝过这番苦头后，他们才能举行正式的成亲典礼。

在科特迪瓦，我也在一家叫四川饭店的中餐馆当过义工。每天，只要我下楼，赏心悦目的风景和故事就开始了。“伊甸园”，我租住的这家公寓，门口有棵巨大的凤凰树。有天，惜那落红，便拣起几片。花匠布勒见此，飞快地爬上树，摘下些新鲜的给我。楼下的黑人，都知道我爱花了，摘花园里的各种花给我。非洲花多，大家没有偷花的概念。

四川饭店在扣扣蒂，我出门应该向右拐。可是，为了看收菲岱拉宾馆旁边一庭院里的鸡蛋花，我经常绕行，走左边。那些落花可真多呀，那么大的花朵，清香宜人，不捡起来多可惜呀。慢慢地，黑人知道我捡花，门卫等人就把鸡蛋花做成花环给我戴在头上。他们朴素芬芳的心灵令我一天都充满快乐。

我住的是波拉多，科特迪瓦经济首都阿比让的 CBD。虽然这里高楼林立，号称西非小巴黎，但也更像大公园，植物繁茂，鲜花竞艳。

因为怕被杀被抢，这里的中国人很少在街上自由行。开车，买完东西就跑。我胆大，甚至敢花枝招展地走在街上。到我工作的四川饭店乘车也得 20 分钟，但我常常步行，为拈花惹草，为看浩渺的艾布里耶泻湖。

扣扣蒂也是闹市区。在我走向种着绿色植物，雕栏画柱的餐馆前，我不知道有怎样的故事等着我。比如，送给我几棵柠檬草。那散发着的柠檬香味，能防疟疾；比如，送给我能美白牙齿的小木棍。虽然不值钱，但他们的善良热情，又怎能以钱计？

餐馆的老板娘简梅，四川人，美丽开朗，给我讲了许许多多故事；还带我去台湾人经营的农场，带我参加当地人的婚礼。她的丈夫，遭遇抢劫时反抗，被枪杀了。但她没有消沉，带着两个孩子顽强乐观地生活。

网友家安说：“听说非洲的苍蝇会钻到人的皮肤底下产卵，然后，那些幼虫就在你的皮肤里蠕动着直到会飞。”

飞不飞我倒不知道，但这里有些地方苍蝇很多。我和简梅去一个小镇吃饭时，苍蝇多得都赶不走。最后，我们只能把饭菜盖上报纸，每吃一口，就迅速掀开一下报纸。有天，我吃了小摊上的食品，没半小时，连拉带吐，恶心、头晕，差点没昏死过去。据说，那食品，就是苍蝇在上面孵卵了。而简梅学黑人，把洗后的衣服晾晒在草地上，苍蝇也在上面孵卵了。卵钻进她皮肤，右边的大腿上，最后弄出个小洞。

我也跟在这里做假发生意的湖北人陈健等人一起去夜总会。有天，送走其他人，最后该送我了。这时我感觉不舒服，快打摆子了，我躺在陈健奔驰车的后座上。那天，他估计也是喝多了，在十字路口，突然分不清该往哪里拐了，遂停下来。说时迟那时快，车门哐的一声就被人打开了。我是女子，没遇过这等事，第一个反应是遇到强盗了。待那浓郁的香水和软语飘入车厢后，我立刻清醒了。我坐起来，大喝一声："慢着，本小姐在此！"那女郎看我一眼，轻言"对不起"，便弓身而退了。她青春曼妙的身材，慢慢消失在街边热带的巨树后。

我在这里还遭遇了暗杀，我亲眼看到一队士兵挎着 AK47 步枪，翻墙进入国防部长家。枪响后，国防部长被杀。

我当时正和德国银行家恩斯特等人在一高官家，恩斯特对我情有独钟。

我该不该接受他的爱情，哪怕只是气气你？你不能接受我这样的游荡，看，有人能接受。他还高大、富有，只差不帅。而我对帅否，一点不介意。可是，我做不到。我和他之间，隔着什么。

我参加数万人大游行，因中暑昏倒，却被人认为牺牲了。

战争导致 5000 人死亡，100 万人流离失所时，西方侨民由 10 万人迅速下降到不足一万。恩斯特的组织要撤到巴黎去。他要我和他一起去，我拒绝了。他生气开车，和一辆标致车相撞。本没什么大事，可这个一向冷静的恩斯特，以我想象不到的速度，箭般发射出去，壁虎一样，挂在了那辆标致车的左前车门上。

六七十个黑人，将我和车围在中间，有看热闹的，有说可以帮我叫警察截住那车的。

他们真是勇敢无畏。因为此时，维和部队的坦克，正慢慢地，却雄赳赳地开过来。每个炮塔顶，都站着一个瞭望的士兵，手持冲锋枪。

我准备撤离时，已经买不到机票了。恩斯特的组织包机，他把我作为家属。黑人真是糊涂，把我们的名字写在一起，当成一个人。登机时，我们只有一个名额。

又折腾半天，我们终于都飞离了险境。

我不能欺骗自己，更不能欺骗恩斯特。

因为一时的忍耐，而给了他，我，一辈子的退路。我想，确有什么，比得到更幸福。

美丽的艾布里耶泻湖在脚下了，片片椰林在脚下了，梦幻般的几内亚湾，澎湃的大西洋，终于到了和你们说再见的时候。再见，亲爱的象牙海岸。

传奇之城，孤立在时光中

科特迪瓦之后，我去加纳看奴隶堡，走那里惊险的森林吊桥；然后我去马里看传说之城廷巴克图。

如果你想看风景，那么我可以说，你来错地方了。廷巴克图没什么，尤其是你跋涉了很久后，觉得不值。看到它的第一眼，我想起山西阎锡山故居的炮楼。我也想起卡耶对它的描述："放眼一望，尽是流沙，万物萧索，丑陋的泥房，没有鸟声，看不到绿色。"

这些记录是零散的，记在《古兰经》的边页上。有人，卡耶必须装做读《古兰经》；没人，他才能匆匆记几笔。他因为穿着穆斯林袍子，能说流利的阿拉伯语，才混进廷巴克图的。而这时的他，因寄生虫钻进血管，导致并发症，上腭破碎。

他毕竟是幸运的。他留下西方人关于廷巴克图的最初记录，而且他竟然活着离开了。而第一个进入廷巴克图的莱恩，纵使身上带着多处伤——几乎断了的手、被打破的下颌——也没引起城里穆斯林的同情。由于拒绝皈依伊斯兰教，他被杀，尸体被抛在沙漠中。他新婚三天，离开妻子探险。他永远留在了险境。

梦寐以求的廷巴克图已在帕克的视线中出现了，只是他还不知。而这时的一场与土著的恶战，让他葬身尼日尔河。克拉珀顿，也在接近终点时，一病而逝。

西方人之所以从多条路线，不畏阻难，置生死于度外，向廷巴克图探险，是因为这里据说遍地黄金。确实，作为水陆交通要道的这里，是黄金、象牙、奴隶和食盐的集散地，是国际贸易中心之一，也是伊斯兰学术研究地之一，与开罗、巴格达和大马士革齐名。

只是，16 世纪，伊斯兰在这里的兴盛局面已经结束。等到法国人因为卡耶，而终于占领这里时，廷巴克图——这沙漠中的黄金宝地，早已大势已去。

今天的这里，更是荒芜，没有一条像样的路，去哪里都要步行很远。哈迈丹风呼啸狂吟，遮天蔽日，轻易不敢开口，一开口，沙子立刻灌了进来。很难想象城里还曾有水路，那是尼日尔河的支流，它蜿蜒穿过喧嚣的景象早已不复存在。50 年前，它干涸了，继而河道被掩埋。撒哈拉以不可阻挡之势，向南推移，每年前进 10 ～ 20 米。纵然每天不停地往外清理沙子，还是有门、窗被封死了。很多人弃家远走。

廷巴克图孤城，也已改名通布图。就像你和我，那么多丰美的故事，而今，只是一个纪念。它孤处在沙漠的边缘，即将消失。只留完美的化身，在人们的记忆里。

砾石沙丘的大沙漠中，突然出现这个浅草草原包围的莫普提，让我一下子想起飞沙不落的月牙泉。

来马里前,我不知道莫普提。我没想到在浩瀚的撒哈拉深处,还有人称“威尼斯”的渔都。

莫普提没有月牙泉那梦般的迷。它得天独厚，位于两河交汇处。但这也是造化的神奇，物华天宝。原来，我从来不用物华天宝。今天，当我想起这个词后，马上想到了肯尼亚。论丰美、秀丽，它比不过肯尼亚。但是，在浩瀚寂寞、狂沙乱卷的沙漠，见到如此的丰沛、润泽，怎能不让人唏嘘？这正像人生，没有困恼、伤痛、悲苦，我们怎能领略平常时日的美好？它也像我们的生活，纵使周遭变更，沧海桑田，我们最终还是会回归内心的静雅之美。只是抵达那里，需要时间。

雨季，季节湖一望无际，让我想起太湖。蠡湖是太湖伸向陆地的内陆湖。因范蠡曾和西施携手于此，因而得名。我们泛舟那里时，也曾烟雨醉红，恩爱无限。

莫普提纵横的水道，也让我想起白洋淀。荷叶田、百亩香，青春年少，出泥不染。我们夜游，半天找不回去。

青碧河水,一叶扁舟。他们定有劳作的辛苦吧,我眼里,分明是一曲渔歌。常年如此，一定乏味吧，只有陌生的眼睛才能看出诗意？我们如何才能把生存艰辛的部分打磨掉，还原生活的诗意？

一个黑人，将1米多长的马里鲑拖出渔船。然后，他遇到了熟人，把鱼扔一边。他们长久握手。他们有大把的时间,不争朝夕。他们目标低,追求少。因而更接近快乐。

我在乡间，看很多女人背着孩子插秧。孩子头朝下，会舒服吗？她们除了身体上的辛劳，也有精神上的忧虑吗？

同样是乡间，陶渊明则是见南山的悠然。有一天我和你谈起这个，你说：

"当然，种粮和采菊的感觉完全不同。他喜欢饮酒，便有白衣送酒。"不是啊，他的乡下，也是辛劳的，"草盛豆苗稀"。他的劳作，也是披星戴月，"戴月荷锄归"。可是，常人的我们，有的是戴月的辛苦，没有辛苦后见月的欣然。陶渊明自己酿酒，酒熟则取下头上葛巾来滤酒，用完后再把葛巾戴回头上。其率真超脱，你我能行？北窗高卧，怡然自乐。"性不解音，而蓄素琴一张，但识琴中趣，何劳弦上声。"他淡泊悠远，审美已超越声音，追求弦外之音。

回归乡野，和一直生活在那里，本来就不同。前者是经风历雨后恢复了本真；后者只是懵懂中的劳作。说到底，诗意还是内心的和谐安宁，托意高远，才能淡泊明净。

"咱们擦窗吧。"

"不行，我这份计划书还没写完。"

"咱们去看电影吧。"

"不行，我得加班。"

"多好的雪，咱们踏雪寻梅吧。"

"不行，我有个宴请。"

我们的闲情逸致慢慢都消磨掉了。别人的大房子，让你面临压力。你的职位要求你有更多的时间加班。"三次以上的娱乐缺席，意味着下回人家就不带你玩了。你不和人家玩到一起，你怎么进步？"春天，我们经过安贞西里，我说："你看，海棠开得多么繁盛。"你说："你真行，还会注意这个！"那时，我就知道，我们开始脱节了。不知道是我行，还是你行！

有天，我看到你的时间表。我突然感到你是墙上的挂钟，刻板地行走。我看到你的上司、下属。你们木然、规矩、机械地走着，令人悲哀。

也许，你是男人，有生存压力。我们小女人无心，还会对四季、对自然悲喜。

这也是为什么外面行走的多是女性。男人，都在赚钱吧。

也许你觉得，小情小调不过是青春的把戏。“一个易拉罐拉环做的戒指，会比一个钻石戒指，更能令一个女孩炫目吗？”

清华那荷塘月色，赶不上三里屯酒吧的灯光了。

你已经走进了世俗的价值取向里。

我们每晚9点的朗读，早因为你的缺席，而成为我独自的遨游。

我对你说的不少事情都会被你笑话，家里出事后，我心灵痛苦的跋涉，又怎能说与你听？

在圣彼得教堂，我纵然早出来一小时，你还是会不满意。你希望的是，我拍完照片，立刻出来，如你一样。

在这远离你万里之外，我终于看到了我们的问题出在哪里。

世事更迭转变，实属常规，重要的是我们如何在这转变中保有安然，像所有大河母亲般的包容一样，我们也包容变化。让博大宽厚，将迅速的冷暖变化，都视为温暖明澈。

在本真方面，哪里人也赶不上非洲人。她们爱美，即使这泥地里的劳作，也穿花衣服。直腰歇息，笑出声来。头顶那么多的重物，还能停下来，聊天。

水稻是马里能很好地生长的少数作物之一。很多作物，长势喜人，但雨季一过，就干枯了。天气太热，很多作物一天要浇三次水。人也要选好适合自己的土地。生活，也是选择的艺术。

我一定会去非洲找你

我的帖子上了某网站头条，热帖榜第二，一天的访问有 20 万，系统消息每天有 300 多。他们钦佩我的勇气，欣赏我的经历，更给我温暖和祝福。一些人说“带上我吧”；一些人说“我会去非洲找你”。日子久了，他们的声音淡下来。只有林晨，始终如一。

“我们每个人，生来都是有翅膀的。我们不用，久而久之，翅膀就退化了。我们大多数人，陷于现实的泥沼。麻木的心灵，早放弃了拥有梦想的权利。而今，我遥望天际，看到了你。你让我重新看到梦想和生活的意义，让我重新有了心光。让我知道，我们与梦想，差的不是翅膀，而是信心。”

他过奖了。我有的，只是从苦厄中挣扎出的光明。

时间漫过，我忘记他的话。虽然这有些特别。但谁又会把一个孩子的话当真？

林晨倒是总把自己的生活告诉我。

“今天我大学毕业了。我没有奔赴新生活的意气风发。我的未来在哪里，我茫然不知。”

“今天我应聘失败了。这是想象中的，但还是很沮丧。”

简单的生活，吃了什么，出去看到什么，也告诉我。虽然在 MSN 上，但很少对话，多是留言。

“今天我参加了一个电视节目，八个嘉宾都是大公司的老板，现场招聘。他们把我们踩在脚下。话语权在他们，我们不可能有平等的对话。我当场和一个老板激烈地吵起来。可想而知，这次应聘又失败了。我出来，看到蓝天，竟然很开心。”

“我们干吗总是规规矩矩，走进别人的轨道，在那里按部就班，辛苦终老？

我们是否还有另外的路，按自己真正的意愿安排生活，更充实，更快乐？更像自己，一个更好的自己，自己更喜欢的自己。”

“很多媒体开始采访我，说我在电视节目中的对抗，让他们看到勇气、希望。”

“有家公司向我抛来橄榄枝，待遇很丰厚。”

“最近没怎么给你写信。因为我一般要到半夜一两点才会下班。”

“今天，有个同事晕倒了，就是累的。”

“今天我遇到了校友 W。他学生时期创业成名，我大学时最崇拜的就是他了。有次他回校演讲，我怕错过，午饭都没有吃。我是小喽啰，酒席上插不进嘴，他去洗手间时，我跟去。我刚说我大学时最崇拜的人就是他，他就开始吐起来。我说：‘你干吗喝那么多啊？我还以为你能喝呢。’‘这酒不喝，我能签下单吗？’我们聊了一会儿，我说：‘祝你开心。’你猜他说什么？‘我每天喝吐，我怎么开心？’他年轻的朝气去哪里了？成功的喜悦在何方？因为代价太大，他高兴不起来。这社会的力量如此强大，他那么有力的人，都被同化了。”

我想起你，你说一个朋友的孩子不开心。我说：“他总考第一，有什么不开心的？你当学生时，总第一，不开心吗？”你说：“开心只是一瞬，然后是压力。”是啊，我们虽然在一起，但位置不同，感受便不同。我从来没得过第一，就像你永远没出过前两名。

无疑，你事业是成功的。可要成功，我们必须先被同化。

我们去厦门时，有人接待。我说不喜欢。你说：“人家安排一切，你何必自讨苦吃？找旅馆、等车，你不嫌烦啊？”

人家安排，你有限的时间，都花在应酬上了。晚上 10 点，我欲看夜色中的鼓浪屿，可你们的酒还没有喝完。

“喝多了，别喝了。”我劝你。

你自然不会对人家说：“我醉欲眠卿且去。”你对我说的是：“你先回屋去吧。”

我独自回房。天上明月半轮。心事诉与你听，还不如说给明月。

第二天，我去漳州路44号寻林语堂的故居。我天生擅长和陌生人打交道。我在龙眼树下回想林语堂住这里该是什么景象时，自然和这院的人不曾见过一面。半小时后，廖家阿婆，指着白玉兰给我讲林语堂新婚后住这里的情景时，我已经被邀请和她共进早餐了。她是廖翠凤娘家保姆的后人，从小一直生活在这里。

林语堂刚出国时很穷，一张电影票都买不起。但他和廖翠凤，读着借来的书，也能读出生活的宽广美好。共展书卷，灯下恩爱。

《生活的艺术》是你大二时借给我的书。“你拿的是什么书啊？”我问。你说：“这书才好呢。”然后，我们坐到草地上，你读给我听。你优美的嗓音，把他闲适生活的哲学诠释得那么好。我知道了，那也是我以后要的生活。

我把这书拿过去后，爱不释手。你有那么多书，我曾想过，今后我们如果在一起，我也拥有这些书了。

这些旧事让我心怀激荡。我回旅馆，想把你拉来看看林语堂的故居。

你宿醉未醒。我等了又等。你翻身，我欣喜一下。可你，说了几句胡话就又睡了。我自己出门。舒婷文中的鼓浪屿不复存在。那份宁静的诗意，换成了今天的千军万马。

子沫写的鼓浪屿也为我喜欢。她独自游走，写了《在路上，放下他》。我们相识于10年前。她从武汉来北京约稿。她住在东四一个古雅的四合院里。我们谈完稿子，准备一起逛街。出得门来，不知哪里的风铃，传出悦耳的音乐。第二次她来京，我不巧有事。但我不能错过与她的见面，我把她叫上。我的一个朋友听我谈她，特意去武汉看她。几年后见子沫，是在魏公村“雕刻时光”

咖啡馆，短发的她，已经变成垂腰长发，棉布花衣，让人心悦。

她从不像别人那样向我讨书。我的书，她都是自己掏钱买。即使为我的书写了书评，也从不告诉我。我们的交往，因为清冽而开阔。

“现代人太急迫了，习惯涸泽而渔，反而丢失了一个生机勃勃的池塘。”子沫的古典情结，是我们这个焦躁的时代稀缺的。

我在鼓浪屿想念子沫。她的清新纯净。“百叶窗的花台就那么静静地开在眼前”“海风温润的气息”“有月亮的晚上”，安静地想一个人，有点寂寞，也有很多美好。“吟诗抚琴清唱都是多余。只是让时光停下就好。”这家伙，分明就是陶渊明蓄琴不抚的意境嘛！

停云想子沫。

10年的时光，淡淡烟雨，却意犹未尽。它梦幻般，在我们生活的长河里。

书里的情怀、街上的风景、友情、明月、音乐，我们能享受的实在太多。

你就在鼓浪屿。但我不想你了。

我们曾有过完美无缺的时光，这就够了。在走过的地方，爱的纪念。心灵深处，一个美好的秘密。

“我看着他们，多少人是不得不表演的姿态，而非内心真正想表现的？”

“我们的很多时间，是和同事一起，所以，我想有更亲善的关系，而不仅仅是职场规则。”

“和朋友聚会，不仅仅是吃喝、K歌，或者，各看各的手机。我们该谈更广阔的什么，而不是小道消息，八卦新闻。”

“你说，我是不是太理想化了？”

“今天，我替W挡酒时，被人说了不合规矩。他醉得不行，我把他送回家去。

这是我第一次去别墅，豪华程度令我咋舌。”

我想起朋友领我去马里富豪家，这家太宏大了，建筑几乎是罗马时代的。一时恍惚，我以为进了时光隧道。他的房子有高大的穹顶、墙壁，学西方人，满绘壁画。画中人，全是他家人，半裸着身体，展翅欲飞。

“W吃了点药，醒酒了，和我说他不满意这房子，还想换个更大的。”

“奇怪的是，我没有自惭形秽。我只是反复问自己：房子、工作，对我生活的意义到底是什么？”

林晨的话让我想起你。你说：“你看某某买了新房，心里一点没有感慨吗？”我想起马里莫普提，那壮观的内河港口背后的红泥砖建筑。我们到底住多大的房子才算满意？

“我们的路上，有商机有心机有投机，没有云雀升空，彩虹悬挂。我们只有程式化的成功，没有意外的惊喜。”

“我们的钢筋水泥，与自然，已经隔了万重山水。我们会在努力打拼的大房子里，弄个盆景，但我们的心，早已失去绿意。”

“我愿意去一个更好的地方，有阳光，而不是整天的雾霾；有花香，而不是计算机的味道。”

“那里，日子能慢下来，不像现在，去趟洗手间都着急。”

“现在，很少人说心灵。也是，大部分人，心已不灵。”

“有几个人敢说，我此生没白活？我最羡慕你。你是我内心的支柱，心底的挚爱。”

“今晚，又有应酬。我听着他们说着应付的话，心里厌烦极了。这时，领导告辞。我该和所有人一样，起身送领导。可是，我因为厌倦而昏沉，我睡着了。”

“我今天碰到个人，说认识你，说你特牛。有一年，你们报社新换了个社长。

所有人都主动和领导说话，就你没有。有天，这社长站到你桌边说：‘我们报社，我就没有和某某说过话。’还有一次，你们有个联欢，报社直属机关的一把手过来。报社安排你过去请领导跳舞。你说：‘哪有女的请男的跳舞的？’姐，你可真牛啊。”

“你让我敬佩的，除了经历，还有意境，那种豁达、淡然。”

我只是经常问自己：“这事，我内心，真的愿意做吗？”

我也不够敬业，曾经有一个明星特别难采访。南方一家媒体，出高价让我去联系采访他。我有个搞芭蕾艺术的朋友马夫，很快帮我联系了他。不过采访时间让我颇不愉快。他话剧演出结束后，接近晚上11点。那我采访之后回家，就要两三点。而且，三更半夜，我把采访地点约在哪里呀。我拒绝了，怪马夫帮我约的时间太差。马夫说：“真是，我为一个人艺的戏子，把我朋友都得罪了。”其实，明星那边，也怪他。

后来，我知道，我的好友J，采访另一个明星就是在半夜。半夜的采访地方也很多。比如五星级酒店。然后，明星回总统套房睡觉了，她在酒店大堂等待天明。她住得远，也舍不得打出租。是的，我没有敬业精神，我不能为所谓的新闻，丧失自己内心的清和，这和安洁冒着生命危险采访艾滋病村不一样。

只是今天，我突然意识到，自己的任性，很多时候，是对别人的伤害。我的好友子沫向自己的媒体推荐由我采访。选题过了，版面留出来。我说不采访了，她只说好。她自己那里，是否要承受领导的责备呢？

人心易懒，人一安逸，就失去动力。我真怕时间一长，我会安然于现在的生活，和别人一样。

我单位门前，有棵银杏树。

我心里一动，想到医院里那棵。

“你猜纷纷飘落的叶子让我想到什么？我不愿像落叶，在生命离开后，才开始漂泊。”

“我想到了辞职。我犹豫着。”

“我们差的，到底是什么？脱离常规的勇气，对现有舒适的依恋？你当时决定走时，是什么给你勇气？”

“我辞职了，如此轻松！把冰箱里的速冻饺子，吃了两袋。那叫一个风卷残云。”

“去他的房奴车奴工作奴，去他的五险一金。我要飞向新天地，趁我还年轻。我一定要去非洲，找你！”

天也是陪伴，云也是陪伴。

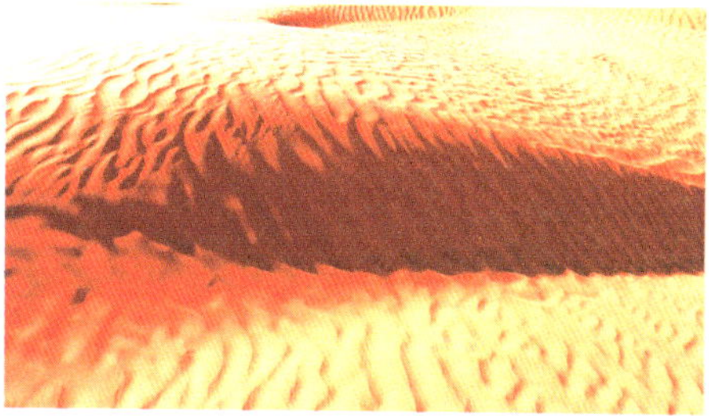

十一

纳米比亚
有没有这样一个人
不顾一切，向你奔来

我接到 Wolwedans 邀请：这世界十大帐篷酒店，住不住？林晨说找到我，他没钱住宿，我们露宿野外，看传说中最璀璨的星空，看猴面包树的白花朵晚间开放，看生石花。这里有沙海奇观：黄昏，大西洋上的海雾，向沙漠深处漫延，梦幻之极。林晨说，启明星升起时，我在秋千上睡着了，紫色的蓝花楹落满身。

最美的夕阳和夜空

我接到 Wolwedans 的邀请，前去帐篷营地。

你想象最豪华的帐篷营地能怎样？木材、帆布为建筑主料，欧式典雅家具，非洲装饰。从窗口就能看到不远处的红色沙丘，几棵散落的箭袋树安然而立，灵巧美丽的跳羚，跳跳而过。

我想起《看得见风景的房间》。现在，这房子，干脆就在风景里，这般壮阔、神奇的风景。透明的防风灯，映着夕阳的色彩。

如果不爱一个人，就不想在钱上欠人家，这是恩斯特为我预订的。我在 MSN 上透露了自己要去纳米比亚。来之前，我幼稚地以为这是我出版的书产生的影响。

这此生难有机会第二次入住的地方，我是住，还是不住？如果不住，有什么意义吗？这荒漠，我能逃到哪里？

酒店的服务生敲门。“有个中国人找你。”我甚至没有在脑子里搜索，我以为是你。怎么可能？我们早已开始各自不同的生活。

高个子的英俊男孩，阳光般灿烂。

“我在非洲找到你了！”他高兴地大喊。

他穿着冲锋衣裤，背着徒步包。看到他的第一眼，我想起蕾蕾。

有段时间，我一直采访企业家、老总，不是开着宝马，就是悍马。见蕾蕾前，我想，她要是骑车过来，该多好！她果然骑车而来。她娇小的身子，骑着二八大车。她有四分之一葡萄牙血统的美丽的脸，罩在带长长发辫的帽子里。那时她正读研。几年后，她成了知名房地产公司的市场总裁。让我想不到的是，她竟然辞职，开始了“与陌生人交换词语”的旅行。她写好陶渊明的那“采菊东篱下”，让不同国家的人朗诵，也把他们相似的诗歌借鉴回来。

我感觉时光倒流，青春岁月哗啦啦回来了。

我真世俗，我接下来想的是：我不可能在别人出钱的床上和林晨安眠。让他睡地上可行，或者，我睡地上？这即将到来的沙漠夜晚，我不能把他推出去。

得知我的帐篷是别人出钱的，他干脆拒绝进去。他的志气，果然没让我失望。

"只是进去看看。"

"我对参观豪华旅馆不感兴趣，我只想找到你。"

他坐地上。我也坐下。

纳米布，世上最古老的沙漠。45号大沙丘，世上最高的沙丘，当地人称"大老爹"。我初见它时觉得鬼斧神工，变成此时的温暖和梦幻。夕阳下，它瑰丽般的色彩，让人目眩神迷。

"纳米布在当地的语言里，意思是，什么也没有的地方。"

"Some-times, less is more."林晨笑，"我看这里，有的很多。倒是我，什么也没有。"

"Less is more."我学他。

"也许，你该回去吃晚餐了。"

"我陪你。"

他笑了，露出整洁、好看的牙齿。

不远处，服务生将桌子和两把椅子搬到沙丘上。两个人，坐下去，对着夕阳，吃晚餐。

沙丘的颜色在变，云彩的颜色也在变。我们欣赏着美景，吃林晨带来的干面包。

夜晚，悄悄地降临。

“我找到了你，和你一起，在最美的夕阳里，看最美的沙丘。我的梦想实现了。你该回去了。”

“你晚上睡哪儿？”

他拿出睡袋。

“我陪你。”

“不行，外面太冷。”

“没那么冷，有10多度呢。”

他还是觉得不行。

我回去，取了条毛毯出来。

如果不和他在室外，我无幸看到这样纯净的夜空。

“这美得太过分，太不真实，太不像话了吧？”林晨说，“这简直是我小时候在天文馆里看到的。现在，我的肉眼，越过光年的距离，疑是仙境坠凡尘。”他看着我，“这不是梦吧？”

我笑：“不是。”

“明天我要再问你，好证明这不是梦。”

我说好。

“你看，这星星真的在眨眼，这么多星星，闪闪烁烁，多像夜空的梦。既有满天星，还有明亮月。在我的印象中，它们是被阻隔的，月朗星稀。可是这里，它们在一起。”

“我第一次看到这样的景色，是在内罗毕，星月同辉。”

“我觉得它们更像在恋爱，星月之恋。”

我没有说话。

“一直以来我最喜欢的一件事就是在夜里仰望星空。初中时，课本中有太阳系图表，有一天，我拿着这图表，想对应出天上的星星。”

“少年天真，更是浪漫情怀。”

一半是海水，一半是火焰

我们搭车到鲸港湾。

一个家在这里的德国人，又把我们搭到他工作的斯瓦科普蒙德。跟其他家公司分处两地的人一样，他每天走两遍这 30 公里。这是纳米比亚最壮美的路，路一边是沙漠，一边是大海。

我想起我们一起看过的《一半是海水，一半是火焰》。

海水、火焰，这澎湃的、燃烧的，在最忘我的释放中，相溶彼此，然后就此撕裂，各自成为另个存在。它们不能彼此吞没，它们保持距离地站着。

虽失去，却不能忘记。

其实，没有什么会决裂至此。光年飞逝，那些曾经的回忆，会在不经意间，在某个转弯处等你。从前，我以为这只是意象，自己的想象。现在，眼见为实。世上真有这样的地方，大海、沙漠，和谐相处。

黄昏，大西洋上的海雾，沿着沙丘间的沟壑向沙漠深处漫延，梦幻之极。

林晨说：“史诗一般，动人心魄。”

德国人解释，这里的沙漠降水极少，很多生物就是靠着雾中的水分生存。

看，什么都有自己的道。

如果不是眼下这公路隔开沙海，景色会更壮观磅礴。但我们会更难到达。我们享受便利的同时，也失去最美。

“你怎么一直不说话？”我问林晨。

“我想起其他星球，觉得地球真美。我为生在这里而心生感激。你看这大海，一边与沙漠相连，一边还与那蓝色的天空相接。谢谢你，让我看到这样的美景，让我心生感动。如果不来这里找你，我一辈子也不会与它们相遇。”

“昨天不陪你，我也看不到那么璀璨的星空。”

“人说纳米比亚的星空最璀璨，果真如此。”

德国人问我们讲什么。我们说看到的景色、心怀的感动。他说：“是啊。我看了很多次，还是没有看够。”

路过 Long Beach 时，德国人说这地方本默默无闻。后来，安吉丽娜·朱莉，好莱坞最知名的女艺人，在这里生下她和皮特的第一个孩子 Shiloh Nouvel，这地方开始声名大噪。在纳米比亚出生的第一个法国人，则是蒂皮。她从小与各种野生动物共同长大，让人惊异赞叹。

“你想不想成为在这里生下宝宝的第一个中国人？”德国人看眼林晨，问我。

我说不想。

这里的沙漠，虽没有撒哈拉的浩瀚，但有世界上最变幻多彩的沙丘、酷似月球的地貌、千年植物。在沙漠中一般低等植物都很少见到，这里却奇迹般地生长着千年兰。这是那位名叫威尔威斯的植物学家，在 1860 年于安哥拉沙漠中首先发现的。形似兰花，却十分耐旱，生命力超级旺盛，以“长生不老”著称，一般可活 1000 年以上，故中国人将它意译成“千年兰”。

岁月如流沙。年华的深处，藏着什么?

我们还看到了抖树。林晨说：“像盆栽一样。”

我给他讲在中亚看过的梭梭树。“它的种子，是世界上寿命最短的，仅能活几小时。”

林晨用惊异的眼睛看着我。

“但是，它的生命力超强，只要得到一点点水，两三小时内，就会生根发芽，然后在沙漠中迅速蔓延开来。在很多戈壁，它是唯一能看到的树。”

他的脸上，露出微笑：“这旺盛的生命，真让人感动。我现在知道三毛为什么喜欢沙漠了。因为艰辛，更能看出生命的蔚为壮观。我今天才真正懂得，她对撒哈拉的讴歌。”

我们还在下午，看到了生花石。

“你看这石头上的小菊花，多么洁白。”

我说：“这上面的是花没错。但下面的不是石头，是球体。这是生花石，也叫石头花。它们生长在极度干旱少雨的沙漠砾石地带。”

“是啊，这么干旱的地方，也能开出这么芳美的花，真让人动容。”

“旱季时，球体会慢慢萎缩到土里，仅留顶面露出地表，非常像砂砾。这样鸟儿就不吃它们了。到了雨季，它们就恢复原来的株型，并迅速长大，我们很幸运，眼下正是雨季。否则，在砾石中很难发现。”

“我觉得我懂的够多了，跟你比，差远啦。”

“每个人感兴趣的地方不同。”

“你感兴趣的，我同样也感兴趣。”

“它也叫有生命的石头。”我说。

“我倒是觉得很多石头有生命。我收集石头。”他说，“我本想采朵花送你。

可它们开得这么珍贵，得让它们开着。”他看着我，“精诚所至，石头开花。还真有这事。”

林晨没有钱住宿，我们接着在室外露营。我第一次看到猴面包树的花朵。林晨拿出手机看了眼说：“晚上8点，我和某某在璀璨的星空下，看到猴面包树开出华丽的白花朵。”

我仰望天空，确实繁星满天。

“啊？这么快就开完了？”他收起手机，望着那花，感慨，“也是，花开不在长短，只要盛放过，就好。”

我想起和你一起看过的昙花。

猴面包树硕大的白色花朵，也让我想起在夜间看过的曼陀罗，那个大毒花，它们都在夜间开放。

“你能和我在一起吗？估计不会。”他说，“不过，哪天你想和我在一起了，你就告诉我一声。不管我在哪里，离你多远，我都会用最快的速度赶到你身边。我的手机，24小时为你开着。”

我自知我永不会和他在一起，但这仍然令我动容。每个人少年时，这种年少气盛的爱，都像极了。只是，岁月过后，我们都变得面目模糊，那份纯粹和本真也被永远地搁置在了我们的青春年少。谁又不是这样呢？

林晨第一次拉住我：“你答应我一件事。”他黑黑的眼眸望着我，“如果哪天我不在了，你答应我，一定要好好活着，快乐地活着。”

“怎么说这么不吉利的话？怎么会？我可比你老多了。”

“这两天看过的景色太让我惊异了。我觉得生命太美好了，因而害怕它的突然离开。”

“我们很快乐地活过。这就够了。”

黑脸黑斑羚，已濒临绝种。它们喜欢集体行动。几乎所有小羚都会在数天内“集体”出生，这种“羚海战术”可防止小羚羊全部被吃掉。大自然奇妙吧。

埃托沙天然野生动物园。

“是。”

“猴面包树，一生四分之三的时间，都是枯死状。在看起来枯萎的时候，其实还是保持着生命力。烈日漫长，它也一定难受。为了减少蒸发，它脱下所有叶子。它坚信下个雨季，一定会来。雨季来了，它用两三个月时间，吸足一年的水分。这是生命的礼赞。”

他没说话，长久地望着猴面包树。

无限地平线

我们接下来去了埃托沙天然野生动物园。

跟东非那绿色壮阔的野生动物园不同，这里一片土色、白色。是的，这里是巨大的盐沼。埃托沙（Etosha），在当地语言中的意思是“白色干水之地”。这里地势复杂，栖息着许多珍稀野兽。

黑斑羚的数量在非洲仅次于黑尾牛羚，克鲁格有最大的种群，数量达14万。黑斑羚非常敏捷，奔跑迅速，受惊的时候，可以跳起3米高，9米远。其中安哥拉亚种，黑脸黑斑羚数量只有数千头，已濒临绝种危险。安哥拉亚种，在安哥拉境内已经基本没有了，今天主要分布在邻国纳米比亚的这个埃托沙国家公园。

“它们已经迁移到最合适它们的地方。”林晨说。

雌性头上，只有两只小耳朵。雄性则有角，像小竖琴一样。“小竖琴一样的角，可不是演奏音乐的。”他说。

黑脸黑斑羚姿态非常优雅，尤其是几个带竖琴的一起走，我说：“好像仪仗队一样。”

林晨说："是。一队光棍。"

除兽类外，这里还栖息着 323 种奇异的鸟类。

起初，我不是很喜欢这种土黄色调的野生动物园，可细看，还有些宋代山水画的意蕴呢。

来这里需要注意一点：一定得保存好门票。我往常都是，一进到哪里，门票随手一扔，或一放，不再注意。可这里，出门时，一定要再次看门票。我们的门票其实也没扔，放在副驾驶 Zayas 的手里。可在公园里，有个司机突然生病，Zayas 给人当雷锋去了。我们和司机跟动物园的管理人员解释，可他们坚持原则，一定要我们出示门票。我们又解释，他们让我们返回去找 Zayas。我们电话联系了一下，问他在哪里。老天，我们到他那里，起码要两小时！"我手机马上没电了。"Zayas 说。后来，就真没电了。我们在动物园里找他，真比找个珍稀动物还难。后来司机通过各种关系，找到了当地主管旅游的"领导"，这才放我们出来。

Zayas 因为误拿我们的门票，让我们浪费了那么多时间。他觉得抱歉，所以请我们去他家里做客。他母亲招待我们的东西是小麦面粉，上面浇一些用西红柿、辣椒、牛肉熬成的浓汤汁。

"好吃吧？"他不停地问我们，然后说，"别吃得太饱，还有更好的呢。"

然后你猜，他母亲给我们端上了什么？毛毛虫！我有些胆战地下嘴。嗯，味道相当不错。纳米比亚林中生长着一种矮树，非洲帝蛾在树枝上面产卵繁殖，幼虫生长 6 周后，又肥又大，可长达几厘米。我们吃的这有些丑的毛毛虫，正是这个。

说到 Zayas 所属的霍屯督人，他们还保留着一些奇异习俗。比如女孩成人仪式中，女孩要赤裸身体到大雷雨中"冲邪"；或过一段与世隔绝的囚禁生活后再用牛奶和湿牛粪擦遍全身。

一个女孩被雷劈死了，人们说她不纯。

科学与迷信，是如何交锋，控制着人们？

我们在海边看潮涨潮落，云飞云落。

黄昏，碧海丹霞。夜晚，白云漫卷，星星闪烁。几个姑娘，带着欢笑，慢慢走进海里。

“你知道纳米比亚让我想到什么？”林晨问。

我说不知道。

“无限地平线。”

我们实在走不动了，正好看到小游乐场里有秋千。我荡着秋千，休息。

我让林晨也去坐一个。他不干。他站在我身边。“你如果太累睡着了，掉下去怎么办？”

“你看，那云，多像挑在路灯杆子上啊。”他仰头说。

“果真。”我乐。

“你看，那高树上方的两片云，一左一右，简直像它的翅膀。”

“它站得太久，也想飞起来看看啊。还有那么多星星在翅膀上，真像镶着钻石的翅膀。钻石太重了，所以它飞不起来。”

“我第一次在夜里看云。”

我看过几次，不想总比他见多识广，我没说话，嘿嘿两声。

他又抬头看我们上方的树：“树上开的都是花吧？紫色的？”

“是紫色的。这就是南部非洲在春天盛开的蓝花楹，国内多翻译成紫薇，其实它是紫薇科，但正确的叫法是蓝花楹。南非比勒陀利亚的最著名，全城

8 万棵同开，煞是壮观。”我看着周围，“那长着翅膀的，那边，那边，都是。”

片刻的沉默后，他惊叫：“我想起来了，在网上看过。原来就是这花呀。”他弯腰捡了一串，在灯下看，赞道：“多么漂亮。”

他欲递给我，又缩回手：“我不想送你地上的落花。”

“树上的花你也够不着。”

他仰头：“我第一次见开花的树，能有 15 米高吧？”

“差不多，最高的能达 20 米。”

“我要爬，当然能爬上去。但我不想摘花。认识你后，我对很多东西开始珍惜。”

“你心地善良。”

“你更是。放弃那么好的条件，陪我风餐露宿。”

大片大片的白云翻卷而来，低低地压在海面上。白云之上，群星璀璨。

他也注意到了，他说：“半天星，半天云。”

我说：“半海浪……”

我醒时，天光已亮。清晨，清新。突然我发现他深情地望着我，眼里盈盈闪光。我问怎么了。

“白天这花，看起来更美，雅丽清秀。”他说，“你在秋千上睡着了，紫色的蓝花楹落满身。我看着，心里温暖、感动。谢谢你陪我，给我这么美好的一切。”

我想起刚果森林。在那里我睡着了，是因为太疲倦。刚才我睡着了，因为对林晨信任。

蓝花楹，与开满红花的凤凰木并称“双影”。在法语中，它被称为“蓝色火焰”。在阿根廷的传说中，它可以按你的要求吹出探戈舞曲。在南部非洲，蓝花楹开了，就是春天来了。

汤普逊瞪羚是诸多瞪羚中最出名的一种，它身材娇小，体态优美。非洲草原上，它的速度仅次于猎豹。小羚羊出生五分钟后，就能跟着妈妈跑了。

十二

肯尼亚

生命的河口

8月了，马赛马拉一年一度的动物大迁徙开始了。我重返肯尼亚，我也站在自己生命的河口。林捷也在人生路口，做了选择，他去毛里塔尼亚工作了，比邻三毛生活过的西撒哈拉：“这里和毛里塔尼亚，并无太多不同，但我感觉这里的风，有三毛的气息，她耳环摇曳飞舞的样子，让我想起荷西，想起你。”

大迁徙，生命的抉择

黑人性子慢，我到达马拉河比预定的时间晚了10分钟。而这时，已有数不清的角马踏上了马赛马拉的草原。而更壮观的，是那河流中的野性生命。它们拥挤着，吼叫着，在翻滚的激流中奋力前行。

“此时，也没有狮子赶豹子追啊，它们干吗不慢慢过河呢？摸着石头慢慢过河。”我不解，“即使数量多，那再多一两天，也总能都过来吧。”

随行的克里斯说：“先别问我，你自己慢慢看。”

嘿，跟我玩深沉？可是，慢慢靠近，我也随即为自己的幼稚想法感到可笑。

马拉河不宽，从热气球上看尤其如此。这河也不深，角马涉水就过来了，虽然有时只有脊背上小小的一块露在水外。可是，水流激荡。而随着一头滑倒的角马被拖走，发出惨烈的叫声，我知道了这其中更大的凶险：残暴的鳄鱼在水中潜伏。而望着河对岸那高地之上焦急等待的一群，我突然明白了，明白了那种硬着头皮的前行，那种置之死地才有的希望——过了河，就有丰美的青草；不过河，就饿死。这种抉择，也要依托集体的力量吧，在集体的强大中，起码让河水中的鳄鱼望而生畏，起码给个体以信心。虽然它们之间的拥挤使得很多同类跌倒，永远不能再爬起。

从《动物世界》看到过这样的场面。但是，若非亲临，你无法感受那一刻生命的悸动。尤其是那些还没有过河的，那站在高地上面对滚滚河水的徘徊翻转。徘徊，是因为有掉头走的。

吼叫、践踏、奋勇向前，它们在滚滚不息中证明着强者生存的原则。

“它们快速疾走，是为了使自己遭遇凶险的时间减到最小。”克里斯突然说。

而我瞬间想到，面对那众多有力的蹄子的践踏，鳄鱼，也是该鼓足勇气才能上前的吧。

对岸那角马脚下的高地边缘，已经颓然滑陷，有些角马被后面的来者直接挤掉进河水中。而这岸，荆棘树林，已经被踏出了条条小路。等待这些动物的，有它们的可口美食，也有他们的天敌。每年，长达3000公里的迁徙中，因饥饿、干渴、体力不支，被天敌猎食，只有不足30%（也有说不足50%）的动物才能回到它们的出发地。可是，在大雨季来临前，又有40万新生的角马。在新生命诞生的那刻，是希望，是忽略掉生存的艰辛和危机的。生生不息，恰是由生与死组成。虽然很多时候，决定它们状况的，仅是一瞬。

这是8月肯尼亚的马赛马拉，丰美的青草正吸引百万动物大军从坦桑尼亚的塞伦盖蒂奔腾而来，马拉河是它们的必经之地。

热气球向回走，我和这些过河的角马一个方向。此时，我脚下有上千只角马在狂奔。每年两次必然的生死抉择，也许只能用狂奔才能表达吧。这狂奔让大地都似乎颤动了。它们扬起的蔽日尘土让我想起带弯刀，善战的阿拉伯骑兵。还有亚历山大，他连续东征西讨11年，把他的疆土拓展得那么广。可是最后，他的将士再不肯前进一步。

我被这全景式的壮阔震撼了，完全忘掉了之前的顾虑：热气球会不会意外地爆炸？自己会不会意外被挂在树上，而那树上，正巧有一头豹子在小憩？

恍惚中，觉得自己也是这其中的一员，狂奔着，迎向自己未知的命运。

一小时的空中之旅很快结束。一旦结束，才发现自己有些晕了，穿着黄、黑花相间非洲布的黑小伙展现灿烂笑容：“来杯香槟吗？”“不，我不要香槟，请给我一杯爱情果汁吧。”

350美金的空中游览包含了草地上的香槟早餐。

知遇之香

“你到马赛马拉感觉如何？”我身边的英国男人问。

“我第一次来，是站在弱者的角度。我觉得羚羊每天都有不能返家的，真是可怜。后来我想，狮子如果吃不到东西，也得饿死。现在，又站在马赛马拉，我感觉我们人类真是幸运，不用那么辛苦，不用整天奔跑来躲避敌人。”

“一位动物学家曾对生活在南非奥兰治河两岸的羚羊做实验，把一群和狮子放一起，另一群周围没有狮子。结果估计是你想不到的，没有天敌的动物最先灭绝，倒是那些被天敌追着的族群，反而不断壮大。”

“这真出我意外。我第一次来马赛马拉，当地人告诉我，羚羊出生后数分钟就能奔跑了。羚羊每小时能跑 78 公里。”

“如果没有狮子，羚羊永远也跑不了那么快。我们人类，也往往如此。”他沉吟了一下说，“我原来就是个弱者，被别人嘲笑。我就是从他们的恶意里站起来的。现在，我不仅不恨他们，还感激他们。”

我一时不知道该怎么说。

“你怎么来这里两次？”他突然问。

我觉得说起家里的变故，心路历程太复杂，我只简单地说：“对工作厌倦，辞职了。”

“人怎么才能重新找回工作热情呢？首先要解决的就是你为什么而工作。有一年，我突发奇想，挑选我企业综合业绩排名最后的 5 名员工来这里，给他们看狮子和羚羊的故事，让他们明白了人生其实是为自己奔跑，效果出奇地好。现在，每年，我都带着我企业落后的 5 名员工到此。”

我把这个故事写给林晨。

他说："我今天听到一个故事，和你讲的只捕三条鱼就收网的故事很像。一个外国旅行团到了非洲。一个人，看到一个大爷在大树下编筐，问多少钱。大爷说10美元。'那我准备订货10万，你能便宜多少给我呢？'这人心里想，这么个大单，一定会5美元左右吧。结果，出乎意外，大爷说：'20美元。'这人惊异地问为什么。大爷说：'我在这大树下，边看风景边工作，多么怡然自乐。我如果接了你的订单，那我就要日以继夜地工作，还谈什么乐趣？你要为我损失的部分付钱。'你说得对，我应该在自己的爱好和工作间学会平衡，就像你现在边旅行，边写稿子一样。一个人的基本技能是养活自己，也要把上天给予我们的才华和创造力发挥出来。"

我想起你。也许，你在工作中，感到的不是压力、乏味，而是创造力、想象力。对任何一件事，你都百分百努力。对工作充满长久的热情、乐趣和喜悦。你这么充实，我应该尊重理解，高兴祝福。不管松缓，还是快节奏，只要自己喜欢就好。以往，我在自己的局限里，看不清。而今，一切明朗。

你从来不相信别人。我如果一直跟着你，早晚会成为冷漠、冷淡、冷酷的人。我在马里时，心里还对你抱怨。今天我突然想，我是否因为仍深爱你，才怨恨呢？

林晨在人生路口，做了选择。他去毛里塔尼亚工作了，比邻三毛生活过的西属撒哈拉。

"飞机一落地，舱门还没开，尘土立刻扑上来。"

"我们在友谊港钓鱼。嘿，都不用鱼竿，一根绳子，挂个鱼钩就行。鱼真多，争着抢着往上来。掉地上，都没有人捡。海参、鱼翅，当地人都不要。

"我揣着自己挣的第一个月工资，去给你买礼物。确实，自己挣的钱，用起来感觉非常好。不幸的是，电话追上来，同事病了，我要临时代替他去沙漠里。如果因此没有时间给你买生日礼物，我觉得你也会理解。

"撒哈拉沙漠深处，出产一种美丽的石头——沙漠玫瑰。这是一种石膏类晶体，晶体长短不齐，从花心中伸展出一层层的花瓣，状如盛开的玫瑰，因此得名。虽然撒哈拉广阔无垠，但沙漠玫瑰也像天山雪莲一样属于罕见的观赏石。据说在古时的沙漠，玫瑰不易生存，所以当地年轻人在情人节时多送沙漠玫瑰代替，这沙漠玫瑰在这里也逐渐成为忠贞爱情的代名词。

“这里的市场是有不少卖沙漠玫瑰的，但自己亲手捡到，还是少见。我的同事，在这里几年，都没有捡到过。而我捡到了。这真是上天所赐。我觉得把这个送你做生日礼物，真是绝妙。”

以往，我因变故，对感情产生了怀疑。林晨对感情的赤诚真挚，对感情毫无质疑的信心，使我内心产生了震荡，重新发现感情的美好，相信的美好。我很感谢他，我写信告诉他。

“我感谢上天给我们如此美好的相遇，就让这知遇香得更纯粹、沉静吧。谢谢你给我心灵的滋润、安定。你带来的自然气息沁人心脾，那是生命最原始的感动。”

我也站在生命的河口。

“在第一个假日，我去了西属撒哈拉。这里和毛塔，并无太多差异。但我感觉这里的风，有三毛的气息。她白裙黑发飞舞的样子，让我想起荷西，想起你。”

我想起你。我们算是永远地分开了？我无意中等你订婚，或结婚的消息。

虽然对你仍有思恋，但它也该和我的现实生活分开了。我迷茫的思绪渐渐清楚，我要把感情放下，静下心来看风景了。我要去我一直想去的奥卡万戈。

十三

博茨瓦纳

非洲的秘密宝藏

小舟在Kubu泻湖湿地上缓缓而行，蓝河碧水，青青莲叶。天上飞舞着浓墨重彩的流云，身边开放着安静洁白的睡莲。水天相映，幻梦难辨。我与你，有梦，也不枉此生。地球上最大的内陆三角洲，人迹罕至，真正的世外桃源，非洲的秘密宝藏。你，也是我的秘密宝藏。

跟你分手后，我第一次感到无比轻松，也开始了真正意义上的一个人的非洲之行。

我记不得在非洲大陆上空飞过多少遍了，我对它的地貌了然于胸。但我一直忽略了它南部的三角洲，虽然它是地球上最大的内陆三角洲。而事实上，恰是这被人忽略的地方，人迹罕至之地，才是真正的世外桃源。

这是博茨瓦纳的奥卡万戈三角洲野生动物保护区。我先住 Jacana Camp，这是十几年前三角洲最早建立的营地，是以非洲的 Jacana 鸟命名的。那是 20 公分左右的鸟，金色翅膀，有黑斑，飞起来美丽异常。

Camp 规定，天不亮，要由导游接送到前台。Camp 时常有大象穿过。我印象中，大象十分温和，但这里的大象据说攻击性很强，特别是带幼子的时候。

清晨出发，看璀璨星辰，慢慢化为漫天朝霞，朝霞点染湿地，流光溢彩，车行带风，更添晨间凉意。导游 MT 问我要不要风雨衣。我说不要。天边云翻风卷，追赶我们。MT 再一次问我。我同意了，是件外罩帆布的毛毯，连着帆布帽子，套上去顿觉暖意。

动物没有肯尼亚的马赛马拉那么多，除了羚羊成群，鸟也极多，成群结队，轮番造型，次第表演，反倒让人感觉空灵。

沼泽地一向是鸟类的天堂，博茨瓦纳更是如此，400 多种鸟在这里自由飞翔。

紫胸佛法僧站在大树冠 Marula 树的高高枝头，它也叫三宝鸟，美丽好动，因其叫声而被叫如此名字，有些以讹传讹。这博茨瓦纳国鸟的当地名字为 Majeke，该名来源于此鸟的正确叫声：Jeke。

不过那关于三宝鸟的古诗，倒有此地的悠闲意境：闲林独坐草堂晓，三宝之声闻一鸟，一鸟有声人有心，声心云水俱了了。

因为鸟太多，难分冠亚军吧，博茨瓦纳竟然有两种国鸟。牛背鹭是目前夕阳下的沼泽。

世界上唯一以昆虫而不是鱼为主食的鹭类。它常跟在水牛后，捕食被水牛从水草中惊飞的昆虫，也常在牛背上歇息，因而叫牛背鹭。

在博茨瓦纳，如果不懂鸟，那算不上导游，顺着导游 MT 手指，我竟然看到了色彩鲜艳的织布鸟。这雄鸟正用草叶织一个空心球。此前，我知道织布鸟是鸟类中最优秀的纺织工，但我不晓得它工作起来，动作竟如此优美。喙爪并用，穿网打结，虽是来回编织，但那么行云流水。它还会给这工作，装饰上纯属欣赏的动作。比如倒吊，展翅。我这么解释时，MT 乐了，他告诉我，它是向雌鸟炫耀。通常，雌鸟会在一旁监工。果然，按他的指点，我看到了暗褐色的雌鸟。虽然它长得像麻雀一样不起眼，可此时的态度，就像漂亮骄傲挑剔的待嫁姑娘。如果她对这“婚房”不满意，雄鸟就会全盘推倒重来，它自动拆除吊巢，在原处，再重新设计，重新编织。雌鸟负责内部装修，竟然会有措施保护鸟卵，以防跌落。之后，便在巢内安心产卵、孵化、照料孩子。繁殖季节过后，雄鸟竟然会退去鲜艳的黑黄色羽毛，变得和雌鸟一样平淡。

一群宝石绿的椋鸟飞过，在飞行时，它们也喋喋不休。它们落到树上时，我惊奇地听到了汽车的声音。视线之内，只有我们一辆车停着，哪里来的汽车声音？“觉得奇怪吧？”MT 问，随即说：“这是椋鸟发出的。它们是口技演员，能模仿其他鸟的声音、蛙声，甚至人声。”

呖呖、嘤嘤、嘎嘎、咕咕、啾啾，啁啾鸣啭，婉转清唱……它们的声音如此玄妙。

大象庞多，在灌木、高树间穿行。再走，见了豹子。

猴面包树下，Coffee Break。MT 蹲在沙地上，用根树枝画了个博茨瓦纳地图，标出首都和 Maun，再画出流经三角洲地区的河流。他说 4000 万～6000 万年前，流经三角洲地区的三条河都是经过博茨瓦纳和马拉维流向大海。到 2000 万年前，由于地壳变化，除了赞比西河改道经津巴布韦流向大海外，其余两条河都流到三角洲地带，三角洲也变成了一个盆地，三角洲湿地的水都是河水和雨水，三分之一的水流入地下变成地下水，其余都蒸发或流失掉了。现在的三角洲地区就像从西北向东南伸出的一只手，手掌就是三角洲地区，手指就是流经盆地后停止的河道……

Boat Cruise 有些特别，不像赞比西河上，同那么多游客，在那么大的船上。大树挖出的小舟“梅克洛”，两头削尖，仅容两人。身边的另外小舟，则是补给。小舟在 kubu 泻湖湿地上缓缓而行，蓝碧河水，青青莲叶。天上飞舞浓墨重彩的流云，身边开放安静洁白睡莲。之前，我知道睡莲早上开花，下午两三点就“睡”了。原来竟然还有夜睡莲，晚 8 点左右开始绽放。

更多时候，水天相映，幻梦难辨。

河马清晰可见。一只幼仔，突然从水里蹿出来，我一时搞不清自己是兴奋还是害怕。

河马还是比较危险的，正面遭遇，有掀翻木舟的危险。

打开饮料和小吃盒子，看鳄鱼游动，小青蛙跳到船帮上。

MT 长竿一甩，15 公斤左右的虎鱼就上来了。

翠鸟贴着水面疾飞，鸣声清脆。短紫冠蕉鹃展开红色的翅膀。小麻鳽翘着尖嘴，灰色小爪，紧抓着芦苇秆。鹭鸶在浅水中涉行，安静优雅。

蜂虎鸟越飞越多，它们通过神秘的绕圈飞行，聚集同一大家庭的成员。这日落时分，它们通常一同回家。

蜂虎鸟很流氓。儿子求偶时，父母会从中作梗，将其求偶的美食抢走，阻止新人交配；除此之外别的手段还有很多，不让儿媳进窝下蛋；偷走蛋；强迫儿子喂养刚出生的弟妹，置自己刚出生的孩子于不顾。雄鸟在雌鸟孵蛋期间，与邻家未下蛋的雌鸟“幽会”，性行为带有娱乐性……种种是非，都是我们人类眼里的，选择群居的蜂虎鸟大家庭观念强于小家庭，它们的社会，幸福和谐。它们心中，一定是自由的世界，清澈高远。

此时，漫天飞舞的蜂虎鸟群，让我震撼。它们艳丽的羽毛，在夕阳下，奇幻无比。

小舟在黄昏中穿行，一切披上金衣。这宁幽的画面像电影，无声的，像回忆，直走进你静谧却喜乐的前生。

没有网络，没有电视，没有手机信号，回归完全自然的生活。蓝黑天穹，繁星闪烁，甚至可以看到蜿蜒的银河，壮观而庄严。还有什么，比夜空更让人敬畏呢?

我想起小时候，乡下草垛旁捉迷藏，萤火虫提着小灯笼也来凑趣。还有河里的野浴，吱嘎响的辘轳，秋季的豆田。我想起小时候在城里，看黄昏时的火烧云；也在夜来香里看星星。一碗米饭、一道菜，天地精华的人类，那时对周围攫取不是那么多。纯净空气、纯洁心灵中，充满乐趣和奥秘。我们的生活本该如此简单美好。

在酒吧里喝一杯，只陪伴自己；或在木屋里，阅览书籍。

并没有很多人能享受这宁静。Jiacana 营地，一共才有 5 间房。三角洲有 4 个营地。最大最好的 Jao，有 9 间房，每间可住两人。

我说随着旅游业的发展，这里应该会扩大。他们明确告我：那不可能。博茨瓦纳政府不容许扩建，担心更多的游客会影响这里的环境。每年，只有 1 万左右的人到此旅行。

是的，博茨瓦纳规定，同时观看动物的车，不能超过三辆，目的是将对动物的打扰减到最低。

博茨瓦纳有条分界线，线内允许开垦农田，线外则是严格的动物保护区。

十四

南非

那一个彩虹之国

9月，南半球的春天，蓝花楹开满天。我去南非：约翰内斯堡、比勒陀利亚、花园大道、开普敦、桌山……方位盘指明此地距离世界几个主要城市的距离：距离北京12946公里。我与你的距离，怎么算？

桌山：上帝的餐桌

我先乘电梯到五层，然后等缆车。

墙壁上有一些惊异的图片：骑在鲨鱼背上的，和狮子嬉戏的。鲨鱼和狮子也被调教得跟东南亚的蟒蛇和大象似的？我得试试。看了一会儿，知道了底细：原来是电脑制作的，顿时索然无味了。

等了一会儿，缆车来了，蓝色带黄边的圆形缆车。

得占个有利的地形，我站到了缆车面向山下的位置。

让视野慢慢地开阔，让美丽的景色一点点地在眼前展现开来。这是我选择缆车位置的原因。虽然倒行看着山下有些眩晕。

缆车越来越高，我开始抓着缆车上的栏杆。咦，怎么抓不住了？原来是缆车的底盘转动起来了。要出事了？原来是能旋转的缆车。登过那么多的山坐过那么多的缆车，还是第一次碰到能旋转的。旋转的缆车把山的侧面展现给我，倒是没有刚才那么可怕了。我刚好面对着山顶时，到站了。

山上云雾缥缈，走在其中，如行云端。

朦胧云雾中，那远处的海，海市蜃楼一般。云，缥缈却可见虚空；海，最踏实的存在，虚实相映，弄得人有些迷离。

桌山的一边是冷毅的大西洋，一边是温暖的印度洋。两洋的温差使得海水交汇时产生巨大水汽，这水汽升腾，遇到山上的冷空气，便形成了常常飘浮在这桌山的云雾。据说，17、18 世纪，海上的船只，常常要寻找桌山的影子。最先看到的，要奖励 10 个银币和葡萄酒。今天，开普敦的人，也常常根据桌山的云雾，来判定天气。

桌山的云雾，还有这么个传说：一个海盗，名叫凡罕克斯，有天在桌山附近，遇到了一个魔鬼。那天魔鬼心情好，就和凡间之人凡罕克斯闲聊起来。

聊得高兴，秘密也透露出去：桌山上还剩下一个温暖的洞穴，留给一个赎回罪孽的魔鬼。海盗正想改邪归正，便与魔鬼提出挑战：抽烟比赛，谁赢了，这个温暖的洞穴就归谁。两个都是高手，所以，比赛至今还没有结束呢。

比赛暂时停歇了，云开雾散，阳光满天。

凭栏向下俯瞰，满眼青翠，苍山脚下的那些别致漂亮的房子，珠贝似的，偎依在蓝绿的海边。蜿蜒的海岸线，白色的轮船静静地浮在蔚蓝的海上。再走，则是码头繁忙的景象。再走，则看到信号山，远处的罗本岛。那个孤零零的岛，是当年关押政治犯的地方，那个与外界隔绝的岛，仅仅 13 平方公里。46664 号囚犯的房间不足 4.5 平方米。刑期漫长，采石场的劳作残酷。可这一切打不倒这囚犯，他每天清晨起来，在牢房外跑步，然后做 200 次仰卧起坐、50 次俯卧撑、100 次扩胸伸展。通过带领狱友不懈努力，争取到了每周踢球半小时的权利。他 27 年的刑期，有 18 年是在这里过的，在为种族自由的斗争中，他忘记命运的唏嘘。Beyond 的《光辉岁月》是写给他的！他是曼德拉。

两天前，去罗本岛回来的船上，风雨大作。风雨中，抱紧自由！

再走，则是从 Sea Point 到 Clifton 之间的高级别墅区。查尔斯王子和迈克尔·杰克逊的别墅也在其中。向南眺望，视力好的人，能看到好望角。

吹着隐隐的海风，沿着游览道漫步。游览道之外，一切原生态。那岩石有的俊俏，有的巍峨。绿色的草，棕色的灌木，扎人的荆棘，南非特有的银树，开着粉色花朵的剑兰。桌山的植被茂盛，品种丰富，据说有 1470 种之多。

鸟儿啁啾鸣唱，猞猁、岩兔在四周跑来跑去，豚鼠正低头四处找东西吃，突然，天上飞下来一只鸽子。老鹰吃地上的小动物，难道这南非的鸽子也肉食了？原来，鸽子是逗豚鼠玩呢，用脚踹了它一下，便立刻飞到天上去了。看得周围的人，哈哈大笑。

走着，总想，这面前的海，是大西洋，还是印度洋。得想想，才能明白。

在这个得排队照相的木牌子上，用英语和南非的阿非利加语清楚地写着：非洲大陆的最南端。很多人也知道，非洲的最南端该在厄加勒斯角。但是，很多事情，不能太较真儿，它毕竟是最出名的好望角。

桌山是开普敦的地标，山顶如桌般平。这里植被繁茂，据说植物种类比全英国还多。

看着这蓝色浩瀚的大海，总想着漂洋万里。这陆地的尽头，非洲大陆的最南端，离北京会有多远呢？神奇的是，我竟然马上知道了答案：12946 公里。那是桌山上围着好些人的方位盘。那个方位盘，标明了世界各大城市的方位，距此的距离。

真想在这里坐下来，让无边的沉寂和幸福把自己包围。那是有了一切却什么也没有的沉寂，那是面对美好自然的纯粹的清新喜悦。在前面的大石头上，真的有两个人坐在那里，背对着山上的小路。他们并排坐着，他的头没有转向右边，她的头也没有转向左边，他们在两人的幸福里，分别用自己的眼睛，自己的心灵感受自然。他们也不交谈，他们只是静视这同样无语的造化。在最深切的美里，语言是浅薄的；就像在最深切的爱里，如金的沉默。

有一首歌从前流行：我能想到最浪漫的事，就是和你一起慢慢变老。我真愿意现在就是 80 岁，我幸福地知道，你还爱我。这是歌词还是台词？

又有谁真的不想有一份长相厮守的情意？城市里的红男绿女，却在城市的方阵中迷失。拙朴美丽的自然唤回我们的坚贞，也是短暂的啊。我们回到城里，回到我们的日常中。在时光婉转而曲折的变化里，谁与我沧海桑田？今天与君此景里，他年此景见何人？

其实，在桌山，是看别的景。在他处，反倒把桌山看得更真切。

有时，它在海涛背后；有时，它踏实、安静地作为繁华的 waterfront 的背景。清晨的云霞里，黄昏夕阳中，不同地点，不同时间，看到的是不同的桌山，风姿绰约，风情万种。但是从开普敦任何地方望它都是平顶的。桌山，果真名不虚传。

高 1086 米的桌山，开普敦的象征，总是云遮雾绕，远远看去，真像是一张大桌子上蒙着雪白的桌布。

逛街有乐

原来，我不是特别爱逛街。现在，为给刊物写稿，也开始逛起来。其实深入进去，干什么都有乐趣。

一直以来，全世界的人都不把南非看成是非洲。确实，这里发达的一面，堪比欧美。无论在德班、约翰内斯堡、开普敦，你都能找到世界一流的购物中心。

作为东海岸的首要度假地，德班不仅风景如画，气候宜人，购物环境也舒心无比。郊区的盖特韦购物中心集购物、休闲、娱乐为一体。这个南半球最大的购物中心是德班主要的珠宝零售地，也为喜欢户外运动的游客准备了攀岩、海浪池等众多运动设施。购物中心有众多商家，影院就有18家。大亭子购物中心也在郊外，坐落在韦斯特韦尔青翠的山岗上，维多利亚式的建筑，典雅出众，每月吸引上百万游客。

在德班市区，则是Workshop和The Wheel。前者建在Tourist Junction附近，红砖型的仓库样子，由原来的火车装备厂改装，有120家店铺。The wheel建在南沙滩上，也有100多家店铺，还有电影院等。

不过最有特色的购物地是滨海路，Marine的露天市场。吹着海风淘宝，也是一大乐事。维多利亚市场是普通百姓最爱去的地方，有生鲜食品、便宜衣服，也有很多非洲杂货铺、印度风情的商店和餐厅。对印度感兴趣，还可以去Pine大街的调味品市场。沃里克大街三角市场去的游客不多，但可以体验真正的非洲风情。

在周末，也有跳蚤市场。在艾森公园，跳蚤市场每周六开张，欣赏森林公园的美景，吃吃地道的非洲小吃，再品尝下砍价的乐趣。

我问过肥皂石雕刻品，砍价；然后再问葫芦雕饰品，砍价；然后再问我真正想买的鸵鸟蛋制品。嘿，这黑人就糊涂了。他说："我糊涂了，非亏了不可。”黑人数学不好，脑子反应也慢，你把事情搞复杂了，他马上就糊涂。

鸵鸟蛋壳表面被喷绘上各种图案。除了自然风光，也有动物、人物，鲜艳亮丽，非常非洲。我同时看中了两个，不知道买哪个好。在中国，卖家常常会建议你同时买两个。黑人没这个心眼，他把他认为好的卖给你，很多练摊儿的黑人也没有薄利多销的概念。他们会觉得，“卖你一个少挣一块，那卖你两个，不就少挣两块了吗？”在中国买东西，常常挑人家的不好，这样，卖家就会便宜些。黑人自卑，说他东西不好，他也就主动便宜。大多数黑人小贩，没有中国商人的纠缠劲，让人喜欢。问了价，砍完价，把玩了东西半天，最后不买，他们也不会像中国小贩那样生气。他们会当什么事情也没发生，道再见。多年前，我们在隆福寺买裙子。那裙子我穿起来，前胸都快涨了，我不买，那女摊主气的什么似的。在天意商场，你问了好几件衬衫的价格后，决定买件红色的。后来不知什么原因，你不买了。那摊主，追出来能有 20 米。

南非的手工艺品也很精致。恩德贝勒（Ndebele）族风格的饰品明艳、瑰丽。现在，这种风格不仅在首饰、服装，而且在装修上都招人喜欢。这种来自民间的手艺，都是没有受过专业培训的妇女完成的。被称为“天生艺术家”的她们，不用尺子测量，不用一通比画，全凭感觉，完全手工。体现了普通百姓朴素自然的审美追求。他们活得离艺术更近，与艺术更容易融合。

恩德贝勒娃娃是很多游客喜欢的。艺术来自生活，这在非洲太明显了。娃娃的造型模仿恩德贝勒人，长颈上套有众多的铜圈，彩色的珠子编织成长裙和头饰。娃娃小的有 10 公分，大的有真人大小。

恩德贝勒族据说是当时不满祖鲁国王的杀戮，逃跑组成的部落。所以恩德贝勒族饰品和祖鲁人的也有些像。祖鲁人也喜欢用色彩鲜艳的珠子做成各样式的腰带、项链、手链。

也有因遭受祖鲁人与外来白人的冲击而逐步走向灭亡的，那就是闪族。他们在德拉根斯堡山脉上时所绘制的岩画，属于世界文化遗产。这些几千年前的艺术，可以让我们看到先民多姿多彩的生活。

同非洲其他地方一样，南非的木雕也很出色。这种在铁木、黑木上雕刻出来的艺术品，生动、夸张，是最具非洲特色的。面具、动物、人物，形态各异。Venda 地区的木雕尤其出色。为了防止 Venda 木雕——这种长达数世纪之久的技艺失传，当地正采取各种措施，设立窗口，扩大其影响力，已在威尼斯双年展国家馆（Venice Biennale）、牛津现代艺术博物馆、Stockholm's Kulturhuset 以及柏林当代艺术中心等地举办了多次国际性的会展。

如果想买艺术品，可以去海湾地区的 BAT 中心。这个周一休息的地方，陶艺、雕刻都很出色，制作室可参观，画廊也有一流作品。

在约翰内斯堡，高达五十层的卡尔敦中心是约翰内斯堡最高级的商业区，登上最上面曾经的"非洲之巅"可以俯瞰约翰内斯堡。如要买高档名牌，最好去撒恩顿广场。东门、罗斯班克路的小玩意，也都惹人喜爱。每周六在非洲博物馆前面有露天旧货市场。

开普敦最大的购物中心则在 Water Front。英式布局，里面有各种专卖店、礼品店、时装店、糖果店、家居用品店、音像店和书店。吃的、用的、玩的，无一不有。与好莱坞同步上演最新电影的影院，这里就有 8 家。

虽然在南非能买到产自世界各地的名贵东西，钻石更是比国内便宜 20%，但到了非洲，买些有非洲特色的不是更好？鸵鸟工艺品，颇受游客喜欢，欢迎程度仅次于黄金和钻石，每年给南非带来 2 亿美元的收入。鸵鸟皮能加工成皮包、披肩、服装。鸵鸟蛋壳则能雕刻成精美的灯罩和雕塑。

驼鸟园。

天赐美景

里倍库——南非的拓荒者，1652 年在开普敦登陆后，来到了这个港湾。他在日记中记下这个有世界上最美丽的森林的港湾，把它命名为豪特湾。Hout 在荷兰语中，是木头的意思。

为了扩展殖民地，里倍库开始大肆砍伐这里的森林，将木材送给随从。

今天的这里，是个风景优美的小镇，被巍峨的悬崖包围的海岸，渔船和游艇林立。小市场在岸边一字摆开，彩色的鸵鸟蛋、用沙子做成的画、小风铃……

隔条小马路，则是一家家卖海产品的商店。鲜货、干货，南非鲍鱼、开普石头龙虾……南非最早的鱼市场，1884 年建立，也在这里。现在为一家海鲜零售商场 Mariner's Wharf。这里也是史努克梭子鱼工业中心。礼品店、餐馆，美味的龙虾餐。龙虾渔船队的总部，呵呵，也在这里。

不过这里最出名的，还是海豹岛。到了这里，就知道中国人来的不少，在买去海豹岛船票的窗口，意外接过中文的介绍资料。

出了风平浪静的港口，风慢慢大起来，海浪也大，把船头都打湿了。船不像行驶在海上，像是在跳，砰砰砰的。有人惊呼，原来是看到了鲸鱼，大家都马上跟过去瞧。

船行了大约 40 分钟，它们在眼前出现了，还从未见过这么多海豹呢。

在海浪于周围激荡的滑滑岩石上，这些看起来滑滑的可爱东西，有的慵懒地躺着，有的在嬉戏，有的突然钻进水里。蓝天碧海，自由快乐的生活。

南非人热爱动物，保护资源的意识很强。很久以前，渔民经此，便发现了这些礁石上的海豹，可是，没人对这些近在咫尺的海豹动歹心。有的渔民，往来于此，倒是时时丢些小鱼喂它们。也因为这样，海豹愈聚愈多。这些海豹，有时也会围着渔船要吃的呢。

这是开普软毛海豹，产于南部非洲，活动在南非及纳米比亚的海岸线上。这些寿命达 20 ~ 40 年的海豹，游泳速度可达每小时 17 公里。

这个岛叫德克岛，随季节变化，海豹有 600 ~ 5000 只不等。

为了保护这栖息地，游客禁止上岛。我们乘坐的游船便在离它们很近的地方，慢慢转圈。

这么近地看这些可爱的动物晒太阳、扑食、玩水，不也就够了吗？

我自驾在南非的花园大道，除了海景连绵，这里还有郁绿的山林，碧绿的湖水。原野峡谷飞瀑流泉，充分体现了彩虹之国南非丰富的地貌。看野生鸵鸟在原野上奔驰；去赫曼努斯，全世界最好的陆地观鲸点看鲸鱼；我不知道下站，下个转弯处有什么惊喜在等我。

作为航海家狄亚士及达伽马在南非最初登陆之地的莫塞尔，有狄亚士博物馆等博物馆建筑群。

摩索湾的海边，一棵 500 多年的老树枝繁叶茂。1500 年，指挥官派得罗将一封家信放在长筒靴里，放在这树下。第二年，另一指挥官发现了此信，传递下去。此后，这树开始成为书信的中转站。这树被誉为非洲的第一间邮政局。由此，南非第一家邮局成立。

藏有 8 万年前科萨族工艺品的洞窟 Cave 自然让我心驰神往。而按从前，我对枯燥的灯塔不感兴趣，现在，我对那指引，心怀温暖与感激。

莫塞尔的土地非常适合种植芦荟，莫塞尔附近一个叫 Albertina 的小镇，Alcare 工厂的芦荟产品让我爱不释手。

去乔治城看当年荷兰人修建的教堂，看早已成过往的蒸汽小火车。有非洲瑞士之称的克尼斯那，有湖海相连的美景。周游环礁湖是最精彩的项目，美味的牡蛎也让我很久难忘。有着刀削峡谷一样的齐齐卡马是非洲大陆第一座海岸国家公园，奥兰治桥，是全世界最高的蹦极点。这个，我只有看的份。

没有天敌的动物最先灭亡，在肯尼亚，那个英国人给我讲奥兰治河边的动物实验。今天，我来到这河边。

奥茨颂的鸵鸟养殖从殖民时代开始，但我最喜欢的是坎戈钟乳石洞。伊丽莎白港的西侧有冲浪基地，喜欢野生动物的可以从大象公园走到花园大道，这条从未被破坏过的自然生态走廊，让我为自然的神奇惊叹时，心怀感动。

日光海洋。

十五

津巴布韦 我看到了月光彩虹

受当地人蛊惑，我在维多利亚大瀑布公园关门前，躲起来，不出去。他们没有骗我，我真的看到了月光彩虹，正好悬挂在魔鬼瀑布上方，明月与彩虹交相辉映。我曾经的梦境，在现实中，美得令人窒息。我想起，我们一起看过的烟花、昙花、流星，绚烂的，都消失得这样迅疾。逝去的，只是那一抹短暂的彩虹，留下的，却是永远不去的光影。人生即如是。

幻彩

大学，出门前，总是不停看天。天一阴，心就烦。现在知道，阴雨天，也有好景致。

披着雨衣，我的全身还是湿湿的。但彩虹一会儿出来一道，一会儿出来一道，煞是惊人。

“眼下的季节，月圆之夜，又刚下过雨，一定能看到月光彩虹。”

我受当地人蛊惑，在维多利亚大瀑布公园关门前，藏起来，不出去。

我看到两个大石头的石缝间亭亭玉立着一棵植物，顶端开着一朵艳丽、奇怪的花。花瓣竟然向后反卷，瓣缘呈波浪状。这也太超越我常见的现实了吧？一问，原来是他们的国花——光荣的百合花。

“这个你认识吗？”他们托着一棵树上低垂下来的绿果子问我。

“不就是橘子吗？”

他们摇头：“这是给猴子吃的。”

津巴布韦通货膨胀，1000 亿津元，在当地市场上只能买 4 个橘子；买白糖，排队要排出两里地。但这里非常干净，人们开朗、热情。

黑夜渐渐来临。

人类的概念大多过于宽泛。黑夜，其实并不黑，而是无限的蓝。这世上有多少东西是超出我们习以为常的想象的，这世界就有多美好。

维多利亚瀑布，世界七大自然奇迹之一。其实，它现已改名为“莫西·奥亚·贞亚”，当地方言意思是“雷声轰鸣的水雾”。你站到这里，感觉这名字实属贴切。

习惯的力量太强大，人们还是叫它从前的名字。

你能想象吗？这瀑布有1676米宽。它也是世界三大瀑布中落差最大的。飞溅起的水雾，有1.6公里之高，白天看，壮观无比，现在看，味道又不一样。我还没想出这感受到底怎么形容，就被他们领着前行了。

维多利亚瀑布很绝妙的一点是它的彩虹。魔鬼瀑、主瀑布、靴子瀑、彩虹瀑、扶手椅子瀑，到处都能看到彩虹。彩虹瀑，更是可以同时看到数道彩虹。

我以为看月光彩虹，自然在彩虹出现频率最高的彩虹瀑，结果，却是在魔鬼瀑。

魔鬼瀑源于一个当地传说：如果有人夜间做了噩梦，或是有预兆说灾难将降临，便捉来鸡或羊，从这里扔到瀑布下的河中，让巨浪将其冲走，厄运也将随之远去。

一个人能力是否强大，不是看他（她）如何对待幸福，而是看他（她）如何面对厄运。正如从一个人对死亡的态度，能看出他（她）的品质。我想起在死亡面前淡定从容的S。

我永远无法忘记看到月光彩虹那一刻。

月光彩虹正好悬挂在魔鬼瀑布上方，明月与彩虹交相辉映，这冷艳而神秘的月光彩虹，是自然升华出的最华美篇章。

这美景令人颤动，令人窒息。

周遭静默之极，没一个人说话。

他们都能预测到，那说明这样的景色，绝非今日仅有。月光亘古照耀，瀑布经年高歌。它们自由的灵魂，相交出这神秘的幻彩。世间万物，都有灵魂。

这样的光辉，照进我的心底。我小心地把这份珍贵盛放起来，心怀感动。

“一道奇怪的光，温润、柔和。这光接着走进一大片雨里。然后，彩虹维多利亚瀑布，世界七大自然奇迹之一。1855 年由英国探险家利文斯通发现，以当时的英国女王的名字命名。

维多利亚瀑布和别的瀑布不一样的地方，是它的彩虹。在各处瀑布，都可以看到彩虹；在彩虹瀑，更是可以同时看到数道瀑布。

出现了。”这不就是我梦里出现的奇幻风景吗？

我想起林晨说的光年。一定有某些时刻，我们有限的生命超出其局限，与那些看似遥不可及的东西相遇。地心深处的能量，天外之音，海王星的蓝色光芒，那些逝去生命曾带着的热情……

我的眼泪，静静地流下。为这摄人心魄的美景，也为这变幻无穷的人生。

传说，鱼的记忆只有7秒。7秒之后，它什么都忘记了，一切对它又是崭新的。所以即使在小小的鱼缸里，它都不会寂寞无聊，一切都在无穷变化。现在科学家研究发现，鱼有长达5个月的记忆。我觉得5个月更美好，它留下思考的余地，回味的从容。

我知道这一刻留不住，我只希望它长些。我第一次面对美景，担心它的离去。我想起从前，你每晚临睡前的不舍。我想起林晨看到猴面包树开花时因喜悦而生的担心。可是突然，我的心，挣脱出紧张、不舍、爱情，一切羁绊，翩翩起舞，舞到天际，彩虹之上，开始遨游。

不管多久，它出现过，这已足够。

我回过神来，一切果然都是心之所困，刚才的静默，是因为我们对彩虹的过度凝视而忽视周遭，瀑布还在轰鸣，伴送赞比西河滚滚东去。

月光彩虹消失了，月挂蓝紫天幕，瀑布随风送来清凉雨丝。

我们一起看过烟花、昙花、流星。绚烂的，都消失得过于迅速。

逝去的，只是那一抹短暂的彩虹；留下的，却是永远不去的光影。

我们的生命，也如此，不在于长短，而是质量，在于它是否绽放过。

自然界从没有神伤难复，它敢于遗忘，才变幻多姿。我们也不该对逝去的愁肠百结，进而怀疑人生。我们该有更好的方式纪念那些离开的事物。

我们能看到多远、多高，在于我们敢站在哪里。今天，我一度想退缩，觉得会受骗。

我最终相信了他们，因而才如此幸运地碰触到梦境。这是相信的美好。

我身边有个美国摄影师。等待月光彩虹出现时，他说他看过 Sundog，那是拥有彩虹般颜色的云朵。太阳狗，这名字好奇怪。

现在，他当场翻看。“我拍下了月光彩虹！我拍下了月光彩虹！”他兴奋得嗷嗷直叫。

我的卡片机只拍下暗沉沉的背景，对那奇妙精绝的一笔，没有一点反应。我们的心灵，也常常这样吧？

突然想起臧克家的《幻光》：“人生永远追逐着幻光，但是谁把幻光看作幻光，谁便沉入无底的苦海。”传说，臧克家数学零分，闻一多却因为这三句话而录取他到山东大学。

在非洲走到现在，我突然觉得，其实追求也无非外物，并不是生活的本质。

几天后我在网上查，知道 Sundog 是幻日。它的名字，像那摄影师的描述一样神奇。

我也顺便查了下那光荣的百合花，中文叫嘉兰，翻译得真好。

雨后的天空出现两道彩虹。那是我曾经在梦中见过的。

繁华过境，我一直没有忘记你。

但我已没有抱怨，没有恨，我的心很平静。

魔法云

我在向自然的雄奇美妙探进时，也开始为平凡朴素的风景感动。碧海青天，山川日月，我渐渐开始懂了来自它们的无声语言。我第一次仔细去想“物语”。恍然大悟。

我也从风景里，看出人生。

我就微笑，抬头看你，这人生的阴郁。我当你是风景，你又如何？

什么样的人生，取决于自己的态度。同样的黄昏，你看到的可以是沉暮，你也可以看得更远，看到明日的晨曦。

人就像船。大多时候都被拴着。

解缆上船时，你会不会丢下自己的曾经？

人生有欢笑，但也可能遭遇不幸。忘记命运，学会成长。明月可以入怀，命运也能如花。是蓝色妖姬，还是曼陀罗大毒花，一切皆能笑看。

春天在眼里，更在心里。心若麻木，等意识到春时，夏天往往都站在身后了。

如果再见面，我会问你：每年，你是从哪里看到第一眼的春天？你会觉得我这个问题很傻吗？

消息遥远，不知你现在怎样。怀念，也是我们拥有某事某人的方式。

我是这样走着，才看到人生的开阔、生活的美妙。而我自由的身心，在哪天我回归原来的生活时，会不会有所阻碍？在纯城市生活的快捷紧迫里，是否还能游刃有余地拥有诗意和丰美。很多年前，我会为一片小白云高兴起来。这时，我遇到了林小茜。我知道了，我可以。

我受人之托，空降到一个网络选秀的 32 强。这已内定的选秀，被人看出破绽，差不多变成闹剧。蔻蔻是真正海选上来的，一路向更强迈进，一路赢得人气和尊重。我后来到那网站，仅为看蔻蔻的文章。我们从网友变身为现实好友，虽然我们只见过一面。林小茜是她的闺密，我与她至今不曾谋面。但见不见面，又有何关系？我从她的文字中，就得到丰富芬芳的滋养——

“蜘蛛兰，长在深圳的路边、山中。名字张牙舞爪得可怕，气质却仍有兰之空灵。被成片栽种成路边的景观花时，饱受风尘尾气略显狼藉。一旦蛰伏于山中水边，生出凛冽的沉静：承清晨之露，舒展柔软橙蕊，在喊山人的长啸里，叶片似剑随风盈盈。”

“城市里的美好和丑陋如双生子，我们没有超能力任性地只留在最好的时光里。但我们还可以选择，音乐、诗歌、书籍、电影一切让灵魂更丰满的事物。保有敏锐触觉，懂得拒绝和抵抗，坚守诗意初心。这样，即便我们仍在这座城池为生活左奔右突，也还有来自美好的力量，借此踽踽前行。”

“为了比不完美的生活仅仅好那么一丁儿点，值得用最绚烂的形式，穷尽所有力气。”

“愿人们心中，每天开出一朵花。”

“一字一句说到心里，保有初心，要坚持。”

“天空斗转星移，树干于夜凛冽，于日辉煌。海鸟掠过日出的惊涛，天地是它的。岩石镌刻蛮荒记忆，有流星划在心上。人站在离太阳最近的金色天空里起舞。密林之深绿总有阳光会抵达。时间的风景里，美好和阴暗如双生子，转念逢生。你怎么舍得不努力好好的。”

“真好啊，暑假将过，你要做的事倒数近百。摊开一段好夜色，折一汪大海到心里。肩头是港湾，微笑是晴朗。不问相思几许，都是满心欢喜。真真是，此时相望不相闻，愿逐月华流照君。”

“保持好奇心和学习力，是逆生长的法宝。”

“在彼此的人生里提供怀抱和陪伴。而现实是，和好朋友同住一座城已无比幸福。”

“坐着大篷车，一路唱歌，只为纯粹的音乐梦想。对音乐的热爱 High 到骨子里，大笑忘情。翻出珍藏的 Stephen Mackey 的插画，Mark 一下两个怪咖在月圆之夜做自己，做唯一的，最喜欢的自己。唯有热爱，才不会让自己在岁月里速朽。但愿我亲爱的朋友们，可以为了某个执念剧烈鲜艳，一瞬也好。”

……

林小茜是云朵控。一朵好云，就能高兴半天。

原来我也喜欢看云，拍云。它们的飘移，让人想到人生的流转。它们的飘逸，让人想到人生应该自由。现在，一看到云，我就想起林小茜，心里立刻空明澄澈，充满美好的正能量。

自然，人心，都有最好的营养。

现代社会是日新月异，快速匆忙。速、时、简、新，但那又何妨？

春天的新鲜绿野、夏夜的满天繁星、秋日晴万里、冬日雪花飘。周遭局促，我们抬头看风景。

风生水起，石破天惊，一切安然看待。

仙境就在心彼端，何时何地，皆有好风光。

春茶一盏，小酒一杯，一碟小瓜子，也能嗑出欢喜来。

生命不该有一点浪费，即便是残荷，也留得听雨声。

原来我犹疑、彷徨，努力寻找安心处。不求安心之处，心自然安了。

魔法云。

十六

毛里求斯
天堂原乡的生活乐趣

我们就像树，一生大部分时间都是独处。可是，如你愿意，天也是陪伴，风也是陪伴，云也是陪伴。我决定不再去想世间一切的牵牵缠缠，快乐起来，不辜负自己艰难的行走。林晨说："我希望做你最好的朋友。现在我忙，等我有时间，我在海边为你放风筝。"我希望林晨也能找到自己的天堂，希望他也快乐起来。自己的心变了，对所有的感情也会变。我对你的怀念，也不再是哀怨和伤心，它变成了我心底的富足。

海的百种滋味

脚踏船，我们自是无数次见过。可眼前这姑娘，是在印度洋里踩脚踏船！蓝碧海水，波平浪静，她让船漂着，自己闲看小说！

她冲起浪来，那个美，让人目眩神迷。

我第三次见她，是在栈桥上。

“你也住这酒店吧？”

我说是。

“昨天你在海边吃的晚餐吗？”

我点头。

“你看到夜空绽放的烟花了吧？”

“看到了，非常绚烂。我最喜欢看烟花了。”

“我也喜欢。”她的眼里满是惊喜，“你知道吗？服务生通知我，这烟花是为我放的！这是酒店送我的生日礼物！当你知道这一切与你有关时，心里那种惊喜无从表达。”

不像非洲人，西方人这样直率的很少。许是她的惊喜太浓，又无人分享吧。

她叫 Angela，来自西班牙。我在西班牙时认识与她同名的女孩，知道这名字希腊语意谓天使，传递消息的人，也可以被形容为美丽、温柔，或是有活力但莽撞。我想起这个，心里乐了一下。

我没有妒忌，我有的只是祝福。

我说起 The day you went away。

“你怎么突然说起这个？”

“M2M 不是你们西班牙的吗？”

“不是，是挪威的。”她笑，“我的他还没走。他忙，不能陪我出来，但他非常爱我。”

我的你呢？那么多回忆，那只是心底的富足。

生死之交李曦，不仅胆识过人，也善于激励。正是因为她，我有了潜水的初体验。现在，我敢尝试滑水，纯粹因为 Angela。那个男人将摩托艇开动，绳子刚一拉，我一头栽进水里。我脑袋出了水，还听她哈哈大笑。“你不来救我，还哈哈笑？”“不喝几口海水你能学会吗？”她还乐，“你穿着救生衣呢。”

我笨，练了好久。不过终于可以滑行一段了。那感觉真是乘风破浪。有一年，微软招待记者去金海湖，也有滑水这项目，我是压根都没想尝试。

也是受她怂恿，我爬上游艇前的吊床里。那种安放、和游泳的感觉完全不一样。一件事情，你用不同的方式穿越它，感觉迥异。看海、听海，身心全溶。

我们在海底漫步，没有我想象的那么深，那么底，只有三米左右。戴氧气罩的头探进水里，可以看到各色珊瑚、鱼。我知道热带鱼有多种颜色，我不知道珊瑚也如此花哨。原来我以为珊瑚只有红色、白色。

在珊瑚和鱼间周游，心花怒放。

这里的人们爱护生态，鱼儿一点不怕人，在身边穿梭往来，还经常过来逗人玩。还有海星，一摸，软软的。Angela 还捞起一个海胆。

这一日，在 MSN 上遇到林晨。

“你最近怎么样？”

“我重新翻阅肯尼亚的照片，突然有所悟。我们就像树，一生大部分时间都是独处。可是，如你愿意，天也是陪伴，风也是陪伴，云也是陪伴。”

“说得好。”

海的百种滋味。

我开始快乐地旅行。我要找自己的天堂。我希望林晨也如此。

“我希望做你最好的朋友。”他说。

我说：“你已经是了。”

他问我在哪里，我答。他问我怎么样。

“跟津巴布韦的壮阔比，这里温馨浪漫。”

“你觉得最浪漫的是什么？”

在海边放风筝。

“我现在忙，等我有时间时，一定在海边为你放风筝。”

我在这里，倒是见了一项新运动，冲浪者脚上踩的也是冲浪板，30 米长的连线后是风筝。

当冲浪者的速度达到时速 40 公里时，借由风筝的拉力，冲浪者会跃上 20 米高。最壮观的是看十几个人同时表演，有些像飞行纵队的表演，很梦幻。

我没敢跟林晨说这个。这毛头小子哪天来这里玩这个怎么办。这是很冒险的，听说速度控制不好，太快了，会被甩到暗礁上。

我在北京奥运公园也经常见到放大风筝的，风筝线自然也长。我问这线有多长啊，他们说 30 米。

晨起，水雾如纱，初日一染，幻梦一般。白天的大多时光，天空蓝如玉。白云访客般来来去去。海岛雨来急，晴日里，忽然黑云乘风而来，砸下一阵雨，就跑得没了踪影。在海里淋雨，别有一番滋味。正想感慨，抬头见彩虹高悬。降水多，彩虹出现的几率就大。这里，几乎日日可见彩虹。毛里求斯，也称彩虹岛。

彩虹岛虽小，光照的角度却丰富，海水各色，在黄蓝绿灰紫间无穷变化。

近看，自是清澈见底。

空气自然也好，质量全球第二。

我喜欢置身黄昏的波涛间，看那太阳慢慢收起一日的绚丽。金色、玫瑰色、紫色、粉色的云朵，像鱼、像鸟、像天使，渐渐变成灰色的飘浮。

从前我只知道有日光月光星光，我不知道彩云上也有光。那么远，却那么直接，多神秘的光。

白云之上的彩云，把光又投到海上。天上四处，彩云各色。周围海水，颜色各异，加上太阳直射而来的熠熠金辉，真是万点飞波、千般柔媚、婀娜多姿、变幻莫测。

松石绿色的大海，慢慢揉进灰色，像阴天却开始有淡淡阳光的海色。

我伸展手臂去感知那水。它温柔，却有力，像生命，像时光，可见可触，可感受可经历，但你抓不住它。

一切是流水般逝去，因有限而珍贵。让你一活万年，你必觉无趣。苦难挣扎也如是，一味幸福，必定麻木。

我在灰绿色的水波间向前。我不知人们在被大海收起前，是否会有幻觉，感觉幸福般的融化。

水面开始有新光。月亮出来了。

海月光。

清浅时光。

Palmar 的白沙滩延绵无穷，视野开阔。Trou Aux 珊瑚礁离岸近，是尝试潜水最好的地方。在海豚湾看海豚成群结队，跃出海面。在鹿岛想象鹿群曾涉水来此觅食的情景。Poste La Fayette，田园诗般的淳朴。蓝色港湾的冲浪和帆船。壮丽的日落后，Pereybere 的餐馆和酒吧……

Velle Mare 沙滩，人们喜欢在这里慢跑。看着他们，我想起你，时光深处的感谢。

取足一日，尚又何求

我和 Angela 从酒店租了自行车，沿着海边公路骑行。在黑河谷，我和当地人徒步行过，认识了不少植物。现在，用自己的眼睛，能不能一下子发现它们？

我骑得慢，赏心悦目。一见奇花异树，必定惊喜下车。

纸树是在毛里求斯第一次见，树皮真跟纸般薄厚，撕去一层，还有一层。

原来我只见过红掌，原来还有粉的、白的。开了一树的高山玫瑰。蓝色莲花，清绝，宛若仙子。

我东张西望，妄图一见那据说只生在毛里求斯悬崖上的蓝铃花。

在江西三清山，大家对山崖的那花感慨半天。然后一会儿没注意你，再见，这花便在你向我张开的手上。那花什么样子，叫什么，早已忘记。但我为你后怕的心情，现在想起，还是依旧。你最青春的时光，给了我，这就够了。我不再奢求。

热带多琪花瑶草，我看得满心喜悦。

Angela 则更在乎骑的乐趣，不管不顾，一头直往前冲。我都怕她一头扎进那碧色的海中。我仿佛回到和米卡骑自行车的学生时代。她骑得快，总是停下来，等我。

茶隼逆风飞翔。粉鸽的翅膀一闪而过，那是世界上的珍稀物，仅毛里求斯有。20 年前，它们濒临灭绝，仅剩 10 只，后经保护，数量有所回升。

寿带鸟声音悦耳，身型优美。雄鸟的一对中央尾羽有25厘米，比我小学用的尺子还长。

我和Angela搭公共汽车去植物园，售票员的打票机竟然是手摇的。这让我想起旧时光，火车站的乘务员，一一把火车票打孔的时代。

植物园最著名的是王莲，世界上最大的莲花，直径2米，可站小孩。前些年游圆明园，那里也引进了这个品种。现在让我感到新鲜的，不是大圆莲叶，而是卷边儿带刺儿的幼叶。

棕榈的种类有60多种，其中一种叫Talipot的，开花一次需要百年，花朵高达3米，是世界上最大的花。

“花开之日，也是这树枯死之日，真够神奇的。”Angela感慨。

“就跟竹子开花一样。”

我们见过的版纳甜竹，30多年才开花。取其笋，与鸡肉同炖的美味，回味起来，仿佛香绕。桂竹开花更需120年，出罗纨翠，就是从桂竹身上学的。

“竹子生长到一定的年龄，必然开始衰老，为繁衍后代，在生命结束之前开花、结果。”我说，“芝麻开花节节高。竹子一开花，则完成了此生。世间万物，生态不同。蜉蝣朝生暮死，也是一生。”

“你说的是它们吧？”她指着荷塘。那里果真有很多蜉蝣。

“对。Ephemeron。”

“这是亚里士多德给起的，词汇指向它的本质：短促。我第一次仔细注意，它们长得好漂亮啊，你看翅膀。”

我想起蜉蝣之羽，衣裳楚楚。“是啊，它们虽朝生暮死，却能修其羽翼。”

蜉蝣一生一日，上天真是薄待它们。微微之陋质，一生却也经历卵、稚虫、亚成虫和成虫四个时期。

忽又想起那“不识晦朔,无意春秋。取足一日,尚又何求？戏渟滝而委余,何必江湖而是游”。

“感谢我们所有的诸多时日。”她说。

“鹤寿千岁以极其游，蜉蝣朝生暮死尽其乐。万物各有所乐。”

我与你在白洋淀，也曾观察过蜉蝣。你说它的羽翼像轻云舒卷。

几十年的人生又如何？雪泥鸿爪。关键不是时间的长度，而是人生的厚度。取足一日，尚又何求？

我们停下，在路边小店吃蛋挞。我开始庆幸自己的心从苦厄挣扎中终归平静，而我来日方长。

从前觉得澳门的蛋挞世上第一，这里的，也绝对不差。这里产的蔗糖世界一流。

原创伊甸园

MSN上，一朋友得知我在毛里求斯，问我在这里看到什么好玩的了。

“七色土。”我说，“世界上同时拥有七种不同颜色泥土的，实属罕见。宇宙真是神奇。”

这朋友不屑：“这有何稀奇？因为它们所含的矿物质不同。”

他理所当然地想象这个世界，宅在家里，没有一点出去看这世界的念头。其实这世界，远比我们想象的要神奇、浩渺。

在这块叫“新玛累”的山坡上，葱翠绿林围绕着的，是这些波浪纹的小山丘，红、黄、紫、蓝……五颜六色，被当地人称为“七色土”“地上彩虹”。

在这块“新玛累”的山坡上，葱翠绿林围绕着的小山丘五颜六色，红、黄、紫、蓝……当地人称“七色土”。

据地质学家分析，毛里求斯的这些泥土是由火山喷发出来的，经氧化后变色，因太阳的照射折射出不同色彩。更让人惊奇的是，若把山坡上各种不同颜色的泥土翻开后再混合在一起，只要经过一场大雨，它们又都恢复原状了。

我想起和你一起去中山公园看五色土，那里有个音乐堂，刚毕业时，我们总去。

这一日，我看到烧烤。鸡、鱼、虾和龙虾肉质皆鲜美。

“有没有什么特别点儿的？”我问。

一个西方人看我一眼，立刻说：“什么是特别的？你中国人吧？中国人真是什么都吃。”

我没有辩解，我问他：“你是哪国人？”

“荷兰人。”他说。

“荷兰人？”我哼笑了一下，“难道不是你们荷兰人在占领毛里求斯期间，把岛上曾那么活跃的嘟嘟鸟吃到绝种？否则，我们今天怎么会去自然史博物馆里看它们的标本？荷兰人占领毛里求斯 100 年，做的最伟大的事情就是这个。”

他不再说话。

那种可爱的鸟，体型大，像企鹅一样笨拙可爱。岛上食物丰富，它们像鸡的祖先一样，慢慢失去飞翔能力。它们没有攻击能力，逃的能力也几乎为零。但没有天敌，所以它们吃饱了散步，一直悠闲过着时日。后来荷兰人来了。它们常年没有天敌，丝毫没有戒心，也因此惨遭灭绝。《爱丽丝梦游仙境》里面的嘟嘟鸟，正是它。它只生活在毛里求斯。

我想起在肯尼亚那个英国人对我说的，没有天敌的，最先灭亡。这世界的道理，好玄妙。

嘟嘟鸟吃棕榈树的果子。果子壳硬，没有嘟嘟鸟坚硬的嘴啄开，果子自己不能发芽，因此棕榈树数量锐减。一棵棕榈树需要五年长成，只有树心能吃，一棵仅够8人。所以棕榈树心做色拉的一道菜，今天被称为百万富翁色拉。

听海员讲，这里从前，随处可见小臂那么长的绿色海参、足球那么大的海螺。

人类已经为自己的行为付出了代价。今天，知道保护环境的毛里求斯人，也有了和众生和谐相处的美妙图景。在这里，美丽的海滩上，是来自世界各地的旅游者。火山岛的地貌千姿百态、绿树耸翠、鲜花盛开。海滩阳光，温润甜美的气息，真是天堂的感觉。这时候，你会觉得马克·吐温说得一点没错。毛里求斯——原创伊甸园。

毛里求斯，2011年“世界第一海岛目的地”。

“我听说你要特别的，那尝尝Dhollpurri。”有人上前跟我说。

这是一种用小麦做的薄饼，里面有咖喱豌豆、蔬菜丁、加上番茄酱、蒜末、姜末，颇似咱们的煎饼果子。

大学时，我们总去看电影。回来时，路上总有卖煎饼果子的。

“她那份，给她放两个鸡蛋。”你总是这么说。

我不爱吃鸡蛋，因为它太平常。今天我突然明白，那些被我忽视的平常，被喜欢新奇事物的我忽视的平常，才是我们最值得珍视的。它了解我们，宽容我们，是因为必需才成为平常。当岁月洗去浮躁，我懂得了，我希望用一颗子弹结束的爱情，和煎饼果子，并没有高下之分。

一口咬下去，吃到了那时的穷开心。

非洲人最知道怎么开心，那就是放下一切，来跳舞。这里传统的舞蹈是

Sege 舞，伴奏的乐器简单，拉瓦纳手鼓、马拉瓦纳木沙盒、三角铁。我对音乐基本为盲，可还是买了一个沙盒，妄图把星点这音乐的快乐复制回去。

鼓点疯狂，舞蹈热烈，完全摆脱了黑奴当年对旧大陆缅怀的忧伤，而是表现了“奔放的自由和生活的乐趣”。

舞蹈自然离不开音乐。克里奥尔抒情曲是当地特色。荷兰人统治这里100 多年后，法国人占领此地，他们和黑人奴隶之间难以沟通，于是，以简单的法语为基础，加上当地土语，形成了克里奥尔语。

毛里求斯的交融文化，从路易港最能体现。这里聚居着各种肤色的人，有非洲人、欧洲人、阿拉伯人、印度人、华侨。这里既有西方样式的议会大厦、市政厅，也有阿拉伯的清真寺、印度神庙和中国寺院。

这里也有很多对中国文化感兴趣的人。有天我在 Poudriere 街的路边摊吃完海鲜后，突然神奇地听到了中国歌声。有人唱歌！我循声而到中餐馆，神奇地看到，竟是一个西方人在唱。这个丹麦人，竟会唱好多中国歌。

我去建于 1892 年的茶厂观看制茶全过程。站在高处，我一边品茶，一边赏景，身心两悦。

想起肯尼亚茶园。那时并不知道，自己会成为今天的自己。开阔、明朗，对去留不那么纠结。自然的规律，就是这般，不如闲看庭前花开花落。不顾风吹浪打，胜似闲庭信步。

这次跟一个印度人学会一句话：人生不知道的三件事——何时离开，怎么离开，离开后去哪。

身后事，以后再说。

大湾的红顶教堂，因陈小春在这里结婚，而在华人中开始有影响。我很感慨的是这里的铁路，竟然一直修到海边来了。何时修的？又因什么废弃了？无人问，更无人答。

椰林树影，水清沙白。有人依着椰树，弹吉他。听着听着，仿佛回到学生时代。

所谓“会哭的石头”，就是海浪打在黑色的火山岩石上，好像流泪一般。火山口深85米，但看起来，就是一个坑。海上瀑布，其实并不在海上，是在一条河的入海口往上。这里是少了壮阔，不过精致，恰到好处。恰如人生，勇敢者激昂，安逸者悠闲。

凡事，都看你怎么看。“会哭的石头”虽不能真正哭，像比利牛斯山中的一样，但风景佳。火山口，是毛里求斯的发源地。海上瀑布，能看到小蝙蝠。它们并不如我想象中诡异，倒是可爱。

1505年以前，这个还不叫毛里求斯的岛一片荒芜，葡萄牙人马斯克林登上该岛时，只见一群蝙蝠哗啦啦地飞起来，于是他把小岛叫作“蝙蝠岛”。1598年，荷兰人来到这里，以莫里斯王子的名字命名该岛：“毛里求斯”。

沙滩上，有人在做瑜伽，管它波涛拍岸，我自平和吐纳，晚霞光临，剪影一般。

我知道她一定不是Angela，她早已回国。但仿佛她是。我和从前的友人，你、米卡、Angela……相融一处。

十七

马达加斯加
地球最后的“诺亚方舟”

或是傍晚，我看着返航的 Vezo，他们细长的独木舟，在大海之间，在海洋蓝色的呼吸间，起伏在时光的流逝间。或是早间，我从海边归来，晨光打在茅草屋上，一片金黄。它跳亮的色彩，好像马达加斯加，这野性的亮丽，镶在地球这被人类开采得有些空旷的荒芜里。只因此时太阳的抚慰，而显得温暖。这屋也似诺亚方舟，带着地球的温暖，那么多勃发的生命，寻找着它可以停靠的海岸。何时，这“船”能带回我们曾经的所有，就像返航的 Vezo？

世界“隐秘奇景”冠首

地球上最充满色彩，最多样化，最神奇的大陆，你说哪里？

非非洲莫属。

摩洛哥有吹风牛，布隆迪有会打狼的鸟。非罗龙有多特牛，竟然可以用腿饮水。

如果以国家来算，最神秘，最让人惊异，最让人感到生命神奇的地方是哪里？

马达加斯加。

像你一样，多数人知道马达加斯加，是因为好莱坞的动画片。这只能说是全球化消费时代的悲哀。这个非洲最大岛，世界第四大岛，绝对应该以它的魔力、神秘为我们所知。

大约1.5亿年前，马达加斯加从冈瓦纳大陆分离出来。植物、动物，随着漂浮的树木来到这陌生世界。在与世隔绝中，独自繁衍、进化，发展至今。形成地球生物演化史上独一无二的分支。在孤岛上，独自进化，想想，多么奇妙。

如果有一天，我给你讲如上这句，你会作何回答？你会说：“在非洲，独自行走。想想，多么无聊。”我当然愿意与你一起。可是，天遂人意，又有几多？这样的想法属于从前。现在，我觉得，人的生活，取决其态度。众人狂欢，好；三五朋友小酌，好；两人甜蜜相处，好；一个人的时光，是对心灵的滋养，好。什么独自莫凭栏，黄昏独望风景，也能瞧出人生的真谛。

这里有20多万种动植物，丰富得不同寻常。这里有世界80%的动植物，包括Fossa、狐猴，都是此地仅有。

“抛家舍业的女人，我想你也是地球上仅有。”你并没说过这样的话，是我想的。我想象我的身边一直有你。

爬行和两栖类动物的独有性高达 95%。整个海岛是世界上唯一的、不可复制的动植物圈，曾被称为第八大陆，“活化石的土地”，世界七大“隐秘奇景之地”冠首。

大约 2000 年前，第一批探险者到达这里。他们惊奇地看到 3 米高已不能飞行的鸟、猩猩般大小的狐猴。和人类到过的其他地方一样，这里的巨型动物种类开始灭绝。世界上最大的鸟——象鸟，慢慢消失。如今所残存的原始森林，只有人类到达马达加斯加前的 20%。到马达加斯加必然要看的狐猴，吃狐猴的 Fossa，如今都因为森林的严重砍伐而危及生存。

住在 Ankarafantsika 等国家公园，我还没有什么特别感觉。然而，只要稍微留意，就会看到，大城市附近，比如从首都出发，连续几小时，满目所见，都不再是这里土生土长的植物；而是引进的桉树、木瓜树。

我们刚在一起时，你也总是针砭时弊。可是你发现，我感慨的地方太多了，于是，你烦了。“你关心的实在太多，管好自己的事儿得了。”从前，我非常介意的言辞，现在想想，多可笑。不管开心生气，都是我们的从前，再不会来，因而宝贵无比。

当然，与这世界普遍遭到破坏的生态相比，马达加斯加还算是乐土。

学中学地理时，就知道猴面包树了。跟你说过吧，这个奇怪的名字让我印象深刻。世界上有 8 种猴面包树，马达加斯加能找到 7 种，距首都 700 公里的穆隆达瓦地区，有著名的“猴面包树大道”。

猴面包树外表独特，枝杈酷似树根，高高向上，好像“倒栽树”。

传说 Thora 神将花园中的一棵猴面包树连根拔起，丢出天堂。猴面包树来到地球，继续头朝下，快乐地生长着。随遇而安，这是快乐的法宝。

猴面包树果实大如橄榄球，甜且多汁，是猴子等动物最喜欢的美味。果穆隆达瓦地区，著名的“猴面包树大道”。大道长约 260 米，猴面包树大多在 800 岁以上。

同根的两棵树拥抱在一起，似一对情侣难分难舍。

实成熟时，成群的猴子兴冲冲而来，爬上树摘果子，所以这波巴布树又叫“猴面包树”。

猴面包树浑身是宝，鲜嫩树叶是当地人钟爱的蔬菜；种子能炒食；略酸的果肉可食用可制饮料。果实、叶子以及树皮都可入药。

在热带草原旅行，只要遇到该树，就会一解干渴。用小刀在树上挖一小洞，清泉便汩汩流出。因此，人们叫它“生命树”。

参天古树，静默耸立。树下的茅草小屋，慢慢驶过的牛车，赤裸上身的小女孩，赤脚走在红土地上的姑娘小伙……这震撼的自然，也用它容纳百川的包容，将这里的人们，统揽怀中。

我看着落日的光影，在它们高大结实浑圆的树干上，留下金色的光泽。我在树林间穿梭，我觉得每棵大树都有自己的太阳。它们会不会抓过一丝白云做自己的围巾呢？它们在风雨里的响声，会不会是它们自己的语言，轻吟低唱？

这种稀有树种没有年轮。时间的把戏对它，和对我们是否不同？

你还记得我们一起读过的《小王子》吗？那里，猴面包树象征爱情。在植物的世界里，也有它们的象征吗？

它们伸着手臂一样的枝干承接来自天上的阳光、雨露。它们有力的根扎在地下深深的泥土之中。之前，我当然知道纽带。但这一刻，我感受如此深刻，仿佛眼见一般。动物亦如此，人类亦如此。人类对生态的破坏，最终会回到人类自己身上。

太阳将落下，它们会在星星的微光下与这神奇的土地，开始更深的交流。

马达加斯加是世界最大也最独特的变色龙王国，有59个种类是马达加斯加所独有的，而且人类还在不断发现新的种类。这里的变色龙，色彩搭配实在太艳丽、太绝妙，连人类最美的时装都自叹不如。当然，它们也有如枯叶的时候。看它们用尾巴缠卷树枝，看它们用长舌闪电般捕食。原来，我以为它们只是简单地根据周围环境改变颜色。看来，我们真是小瞧它们的智力了。它们通过体色的改变，表现它们的意愿、心情和态度。比如雌性，可以用鲜艳的颜色来拒绝不中意的追求者。

我们对它们，还是了解得太少。它们为什么要变色，什么时候变色，它们自己知道这点吗？它们的眼睛，也让我惊异。左右眼竟然可以各自单独活动，这在动物中十分罕见。

人与自然，从未如此和谐

狐猴是真正从史前幸存下来的动物。据专家考证，早在恐龙时代后期，这种灵长类动物就生活在地球上了。那时，狐猴几乎统治了所有亚热带森林。沧海桑田，狐猴差不多已从地球上消失，只有在马达加斯加的丛林里，才能找到它们的身影。在离首都 130 公里的昂达西贝国家森林公园，有 11 种狐猴。

阳光透过树枝的缝隙洒下来，我看到长着美丽大眼睛的它们在树杈间悠来荡去。有在树上掏蜜的，有吃果子的。

导游 Guy Ratovondrahona 的姓长得我叫不准（这不稀奇，马达加斯加人的姓，最多有三十多个字母）。但 MAKI 好叫。我叫“MAKI”，它们考拉一样的耳朵竟然听懂了，有两只向我看过来。我叫“MAKI，MAKI”。两只竟然同时从树上跳向我！它们会不会把我撞倒？它们撞到一起怎么办？我真不用为灵敏的它们担心。一只狐猴跳到我肩膀上，一只落到我脚下。前者将我手里的香蕉抢走、剥皮，一下子塞进它浣熊一样的嘴里。后者拾起我惊慌落下的半截香蕉，长长的尾巴搭在我脚上。我想起在东京看立体电影，感觉动物从脚上跑过的惊慌。我不知自己激荡的心，是因为紧张，还是因为它们是史有三种最濒危的哺乳动物，入围当年 WWF 的图标竞选：中国的大熊猫、澳大利亚的考拉和马达加斯加的狐猴。目前，世界濒危动物名录，狐猴排在第一位。

生活的环境简单，鸟儿的防范意识就差。这么近看它，它都没意见。

前幸存下来的动物。

有三种最濒危的哺乳动物，入围当年 WWF 的图标竞选：中国的大熊猫、澳大利亚的考拉和马达加斯加的狐猴。目前，世界濒危动物名录，狐猴排在第一位。

马达加斯加现有 54 种狐猴。开始我分不清哪种是哪种，时间久了，也能略知一二。南部稀树森林中，经常日光浴，闭目养神，会在刺上行走，下树时倒退着地的，是环尾狐猴。也在多刺的丛林里，从不喝水，只喝树上流出的白色乳汁的是毛原狐猴。爱吃花朵的冕狐猴。一跃能跃出 7 米的大狐猴。一生离不开竹子，对食物超级专一，却为其带来奇特的本领——百毒不侵——的金竹驯狐猴。大尾巴里藏着养分，类似冬眠般蛰伏，等着雨季来临的，是肥尾鼠狐猴。一生都生活在水上的，是灰驯狐猴。灵长类，一生生活在水上，这可是世界唯一的。

马达加斯加面积超过 58.5 万平方公里，各景区之间距离远。此时，我的导游已经换成了 Frederic Rasamoely。

色彩绚丽的鸟，向我俯冲而来，我赶紧躲闪。

Frederic 笑我："不必惊慌，它不会碰到你。"

果然，这鸟，擦着我头皮而过。

"什么鸟？"

"你对鸟也有兴趣？"

"是啊。"

于是，他告诉我。接着马上指给我看。深蓝色的马岛苦恶鸟正在枯叶中探食，它橙色的腿，棕色的背，黄色的嘴。它把世间的色彩那么完美地穿在身上。

于是我知道，地面捕捉蜥蜴的是鳞斑地鳲。好像戴彩色眼罩，将其下曲的长喙，伸入花中吸食花蜜的是弯嘴裸眉鸫。马达加斯加爱情鸟非常害羞，有人在时通常十分紧张。地鳲兴奋了，竟然会在空中翻飞。

我在看图识字上认识的海雕，在这里，展开翅膀竟然有 2 米。

“鸟儿们睡觉的时候，会有谁偷偷行动？” Frederic 问我。

“会有狐猴偷走鸟蛋。”

他摇头。

我又给出另外两种回答，都不对。真正的情况令人吃惊，是蛾子，它们通过鱼叉样的长鼻子，吸取鸟儿的眼泪。以鸟类的眼泪为食！这世界真是无奇不有啊。

七彩黄尾蝶，尾巴那么长，我还以为是小风筝呢。麒麟花的枝干，像长刺的紫色长海参。红背，“鼻子”差不多占身体一半的象鼻虫。长着一对对翅膀一样曼妙叶子的鹅掌藤。大扇子一样的旅人蕉。红色千足虫、七彩蚱蜢、红色青蛙……因为太绝妙，漂亮，很不真实的感觉在良久之后，才会醒过来赞叹，这些大自然的神妙精灵。

除了动植物，还有美丽的石头与我不期而遇。海螺化石、木化石、水晶、碧玺、刚玉……马达加斯加可有“矿石博物馆”的美誉。我拣几个，准备带回国送给林晨。这时才明白，为什么会有人对石头情有独钟。有的石头光滑圆润，闪着诱人的光；有的有绝妙的花纹；有的带着结晶体。那会不会是这世界忍不住想对人说的话呢？只是，我们不懂。

这里实在神奇，那弥漫在山林中的晨雾，我都觉得它仿佛是醒来的精灵。它袅娜漂浮，出神入化。露水，给花朵带去晨间的问候。清新、勃发的生命，在新的一天里，交织展开它们多彩的画卷。

阳光下野性的奔放，精彩的自由。

星月之下，夜游森林，蛙鸣虫唱，清风轻送花香……

地球上，人的时代，人类从未与自然如此相得益彰。

植物智慧返航的 Vezo

在马达加斯加神秘的原始森林中穿行，我最希望看到食人树。虽然祈求它别缠住我。我不能不在此产生这样的想象。因为，有关食人树的最早记录，是 19 世纪后半叶德国探险家卡尔·李奇在马岛的见闻："有个女人，因为破了部落的戒律，被捆绑在一棵神树上。树上 8 片带硬刺的叶子把她紧紧缠住。几天后，树叶打开，吐出一堆白骨。"由此，食人树开始它在世界耸人听闻的名声。

此问题，我在马达加斯加问过导游，几个当地人。他们神秘地一笑置之。范姿，植物兼基因学家，我自然不能放过她了。

"20 世纪 70 年代，科学家曾来马达加斯加考察。"

"当时你正好在。正是这个原因，你才开始研究植物的。"我说。

"你真该去写小说。"范姿笑，"那时，我正在巴黎读大学。"

"马达加斯加有能吃植物的猪笼草，有荨麻类植物能蜇人。"范姿说，"食人树，可没有。著名的《植物自然分科志》《有花植物与蕨类植物辞典》中，也没有对食人树的描写。"

"科学家也没有走遍这世界的每个角落。在那神秘的、不为人知的地方，有这东西……"

"你可以认为它是存在的。"她笑意盈盈，"你到马达加斯加，最希望看到的是什么？"

“马达加斯加是蓝花楹的故乡。”

她告诉我，在本地语里，这树有一个特别的名字：流泪树。

每年花开之时，正是马达加斯加的雨季，植物自身的蒸腾作用，再加上树的花朵繁密，花杯朝下，簌簌地往下滴水，好像流泪一般。

原来它还叫流泪树。我想起林晨，是否也有独自伤心时。我希望他快乐幸福。

你永远不知道会有什么，与你不期而遇。我没见到蓝花楹，但在安布第夫哈拉小村，我见到了那种叫“日出而开，日落而息”的花。在芳香岛诺西贝闻足了 Ylang-ylang。马达加斯加是全世界最重要也最优质的香草产地。

在玛索拉，马达加斯加东北部的一个半岛，兰花竟有100多个品种。我还见到了 Angraecum Sesquipedale——一个稀有品种，当地土著人称之为“马达加斯加之星”。

范姿没有为我解开食人树之谜，倒是让我知道了马达加斯加植物神秘的生存策略。地处马岛西部的伯玛拉哈卿戈自然保护区，那儿的自然，以其坚忍的意志力，对抗人类，保持自己的存在。整个保护区，被148平方公里的石灰质地表覆盖。成千上万的石灰质尖峰巍峨耸立，高达五六十米。那针状螺旋的异常景观，是经过1亿多年的风蚀形成的。锐利的石峰，阻挡了外部力量的侵入。雨水长期的侵蚀，让地表的裂痕，深达几十米，而且错综复杂，迷宫一般。同时也为这里的生物，提供了天使般的庇护。无论是那深下去四五十米的峡谷底部，还是地下溶洞，都生长着稀有动植物，种类繁多。这被称为“垂直生物伊甸园”的地方，就是当年法国探险家菲利普·科莫尔森在他的《马达加斯加考察日记》中曾经写到的地方：

“自然造化撤退到这里，找到了秘密的避难所，如果你来到这里，便会发现每迈动一步就有珍奇的物种与你见面……”

范姿为我翻看资料时，我为这自然的神奇自卫能力而激荡不已。这是自然面对人类的围剿时，所衍生出的智慧。我虽然作为人类，却还是为这自然柔性的不屈，为它神奇的应变能力暗自庆幸。马岛确实是个神秘的岛屿。在大火后，这岛，竟然能够出现新的物种。最近 11 年间，专家在这里发现了 615 种新的动植物物种。

范姿是她的名字，她姓阿巴瑞苏。马达加斯加的语言比较复杂，字面上的，和读出来的，很多不一样。她名字的拼写是：Fanja。读时，却是范姿。按音，应该写：Fandz。

曾是普通匠人女儿的范姿留学巴黎后，入了法国籍。现在，经常被邀请在世界各地讲学。

我在瑞典时，遇到“绿色和平”分子号召将转基因啤酒 Kenth 赶出商店。我也听说，英国科学家正改良蚊子基因，以彻底消灭疟疾。范姿，我认识的唯一一个搞基因的科学家，我自然不能放过她了。

“是的，”她说，“享誉世界的斯蒂芬·霍金说过，人类应改良自身的 DNA，以防止可能出现的智能机器人统治世界。可是，将一种作物的某个基因植入另一种作物中，一则导致‘基因污染’，破坏地球上现有物种的恒久性，导致物种混乱，危及生物的多样性，破坏人类的食物链；二则可能危害人类健康。”

她给我画个简单的图谱。我惊讶地看到，现在，在鱼的身上，已经有人类基因。这地球上再出现什么奇怪的病，我都不会再吃惊了。

“我们都知道转基因食品不好。但问题是你不做，这块利润就被别人拿走。你就会在未来转基因产品的市场上丧失地盘。欧洲人对转基因的态度，要比美国谨慎很多。法国发生了几起摧毁转基因作物的事件。法国农民协会、绿党，反全球化组织等成员，先后在法国南方摧毁了几块转基因玉米试验田，他们在田头竖起‘转基因 = 危险 + 污染’等标语牌。现在，非洲也有国家开始对美国人援助的转基因粮食说不。虽然转基因作物可能是满足地球上 60 亿人口温饱需求的最佳途径。”

“也许，科学研究绕过一个又一个暗礁后，会把一片新天地带给人类。转基因食品和药品安全进入人类生活，将不是梦想。”

范姿说不知道。

“那你怎么面对自己的工作？”

面对科学应用的混乱局面，对科学工作加以限制可能会更好一些。她会把步伐放慢，跟她的法国丈夫一起出门旅行。

我们为当今科技的发展对生态的破坏呼吁时，我们也祈祷科技的发展为我们揭开这世界不为我们所知道的另一面。就如马达加斯加的野火后，出现了新的植物类种，就如科学家用植物修复被污染的土壤取得了大进展。

因为它的雨林太出色，马达加斯加的海边显得平淡。但 5000 多公里的海岸线，蔚蓝大海，细白沙滩，那遗世独立的空旷，也非地球上任何国家可比。

最北端，海盗创立的乌托邦 Diego。从这里到 Maintirano，海岸线绵延无边。

圣玛丽岛观鲸，海鸥岛闲坐。Hara 岛、山羊岛……有不加雕琢的原始美。恬淡，阳光雨露般自然而富足。

白斑军舰鸟颇像这里从前的海盗，它们会抢夺其他海鸟的食物，即使吃进嘴里的，也要吐出来。它们也是活的气象仪，它们停息在海边红树林上时，那就是暴风雨快来了。

蓝脸鲣鸟成群飞行于海面的上空。黑斑沙鸻，三五成群在沙滩上行走，边走边叫。

这儿的海参，能有 20 厘米长。曾经，从这里回中国的海员，人人都带海参。

现在，除了海参，沙鱼翅、贝壳都由于过度捕捞而面临灭绝之灾。

踩过细白的沙子，踏上木板楼梯，走入带阳台的茅草房。那阔蓝的大海，好像你一个人专属。

或是傍晚，你看着返航的 Vezo，细长的独木舟，在天海之间，在海洋蓝色的呼吸间，起伏在时光的流逝间。

或是早间，你从海边归来，晨光打在茅草屋上，一片金黄。它跳亮的色彩，好像马达加斯加，这野性的亮丽，镶在地球这被人类开采得有些空旷的荒芜里。只因此时太阳的抚慰，而显得温暖。这屋也似诺亚方舟，带着地球的温情，那么多勃发的生命，寻找着它可以停靠的海岸。何时，这“船”能带回我们曾经的所有，就像返航的 Vezo？

这里有一个桃源，在我们想象之外。

十八

塞舌尔
传说中的伊甸园

在塞舌尔，有300万只燕鸥在这里繁衍，有椰子蟹爬笔直的椰子树，有濒危的褐鹈鹕在水面上捉鱼，红冠蓝身的塞舌尔蓝鸽从天空中闪过，神仙鱼在这里，真是神仙在神仙处。海椰子能活1000多年，雌雄树并排，一棵遭砍伐，另一棵也不独活。我对爱情有了新理解：自己不变，一份感情就可以不变。我想我也是带上你的眼睛，你的心，来看这个世界的吧。这传说中的伊甸园，我来过，我与你，相遇在人生的爱之初，我已经足够感激。

宇宙洪荒，亚当夏娃

五月谷，遍布原始茂密丛林和神奇的珍稀动植物，行走其间，令人不由自主产生宇宙洪荒之感。五月谷，坐落在塞舌尔普拉兰岛，虽面积只有19.5公顷，却是个神奇的所在。

首先要说的自然是海椰子。海椰子的奇特之处在于它的形状。雌性海椰子惟妙惟肖像女性的髋部，而雄性海椰子则像男性生殖器。植物王国中，海椰子非常奇特。种子落入土中，需要两个月才能发芽，然后每年只长一片叶子。长出15片叶子以后，树干才开始生长。15到25年，树干长到近30米，才进入成熟期。海椰子生命力极强，能活1000多年。它的生长方式非常特别：雄树和雌树总是并排生长，但树根纠缠在一起。如果其中一棵遭砍伐，另一棵也不会独活。

英国威廉王子和新娘来此度蜜月，一定也看到这“爱情果”了吧？不知会作何感想。

如果我不在了，你会怎样？我希望你替我看看这世界，看它到底能变成什么样。

现在，我觉得我也是带上你的眼睛，你的心，来看这个世界的。我对爱情，有了新看法。自己不变，一份感情就可以不变。

海椰子的金贵程度高于黄金，当年哈布斯堡王朝名声显赫的鲁道夫二世，出价4000金币都未能买进一个海椰子。从前海椰子是塞舌尔人的美味，现在它们是塞舌尔的国宝，谁要是再吃就得进监狱待几年。外国游客若想把它带出境，得持有当地政府的许可证。最大的海椰子重达30余公斤，作为世界上最大的种子被列入吉尼斯大全。

除了7000余棵海椰子，普拉兰岛其他让我感兴趣的东西还有很多。珍稀的东西也让我数不过来。Latanyen Lat 树给我的感觉是旱地拔葱。它的树

椰子堆积成山。

根竟不是全部埋在土里，而是跳出来半米多高，仿佛外面的世界太精彩，它怎么也要探头看看，差不多就要拔腿前行了。这种迥异于其他植物的生长方式，使得这树可以在溪流中快乐生活。

灿烂的阳光，让这里的一切都肆意生长。松塔有哈密瓜那么大，无忧草的叶子会长到一尺多宽。灿烂的阳光也带来色彩。莲花是紫色的，野蘑菇红艳如花。动物也不甘落后，蜥蜴是那样色彩斑斓。

看到桌子大小的龟不要害怕，那是象龟。塞舌尔最高龄的 Esmeralda，如今还在岛上优哉游哉，体重超过 800 斤的它，现在可是 200 多岁了。塞舌尔的很多家庭，会在新生儿诞生时，收养一个象龟，以求孩子长命百岁。在海滩，还可以看到椰子蟹、玳瑁。

白色栀子花，有那么好闻的香味。初识蜘蛛兰，是在西非中国大使的庭院里。我不知道它叫什么，擅自叫它蜘蛛兰，因为它长得太像蜘蛛了。后来一问，竟然真是这名字。今天，在塞舌尔又看到，感觉像熟人相遇。

那边刚遇到熟人，这边，就有强盗把我“劫”了。我刚把凉鞋脱下来，准备赤脚走，不知从哪里跑来一只蟹，把我凉鞋上长长的绳子死死咬住。我用树枝，用海草，怎么换，它都不干。

“小样儿。”我逗它，“这在中国，早有人把你抓了吃了。”

拉迪格岛，50 个“一生必游之地”之一，还停在过去的时光里。这里限制机动车；自行车、牛车，没有问题。岛上的德阿让海滩被誉为世界上最美的海滩之一。有松石绿色的大海、白沙滩、大奇石；这是世界上最吸引摄影师的地方。如果对“Coprah”感兴趣，可以去 Union 庄园，看新鲜的椰子果肉是如何做出“Coprah”的。放在窑洞里烘焙，热乎乎的果肉，吃得人满口香。我喜欢的还有香草种植园，想想吃过的咖喱果蝠、芒果汁生鲷鱼片，它们除了咖喱、芒果，还用了哪些香料？更有那蘸着克里奥尔酱汁的鹦鹉鱼。

马埃岛竟然有 70 多个海滩，布法隆海滩最受人推崇，被誉为世界上十大海滩之一。细白沙滩，透彻海水。与马尔代夫、毛里求斯同被列为印度洋三大明珠的塞舌尔，被誉为世上最纯净的地方。在博罗内海湾，可以和鱼儿一起游泳。那么多的鱼，色彩斑斓，自由自在，又怎能不让人羡慕？

塞舌尔群岛由 92 个岛屿组成，每个小岛都有自己的特点，阿尔达布拉岛是著名的龟岛；弗雷加特岛是“昆虫天堂”；依格小岛盛产五颜六色的贝壳。

鸟的大自由

如果你对鸟有兴趣，更可以去鸟岛。这个为一对英国夫妇所私有的小岛，是“世界十大最佳生态旅游地”。我们最喜欢的松石绿色的大海，环绕着小岛。阳光灿烂，沙滩细白。岛上人烟稀少，游客不会超过 30 个，因为只有每天下午，一架 17 人座的小飞机往来接送客人。岛上没有手机信号，唯一一个 24 间客房的酒店，没有电话，门窗无锁。真可谓与世隔绝。

这里是鸟的天堂。在这里，你哪还用东张西望地寻找？漫天满地都是。蓝天白云飞鸟，你的心胸不由得也跟着开阔自由起来。如果看地上，那么那么多鸟，谁也不会凭强势多占地，你又会觉得它们是那样守纪律。这是雌鸟在孵蛋，每年的 5 月到 10 月，有 300 万只燕鸥在这里交配繁殖。

几乎每只鸟，都坚守自己的位置。也有两只燕鸥，对一颗蛋仔细捉摸，分不清是谁的吗？还有比其他早破壳的，是不是忍不住想打开看看啊。

因为祖先没有被捕杀过吧，鸟儿们不怕人们靠近。歇息在树杈上的白燕鸥那样纯洁天真，我看了它半天，它也不会飞走。褐翅燕鸥飞到我的早餐桌上。这倒把我吓坏了。因为我的碗里，是四颗鸟蛋。人家来找宝宝，我又没法还它。因为，蛋已经熟了。我想起在肯尼亚，拍鸟时，离鸟窝近了，那大白鸟不依不饶，在我头顶盘旋一个多小时，找机会就俯冲下来。

夕阳下的飞鸟。愿所有的归家都是幸福的。

眼前这鸟，会不会啄我呀？它不大，我倒不怕。我突然想起群起而攻之的蜜蜂。这岛上，可有它 300 万同类呢。

我的联想太丰富。它竟然是来吃果酱的！上嘴就啄，一点不客气。

我想起在肯尼亚，和孔雀一起吃早餐。本来吃得好好的，剩下最后一片面包时，一卷尾猴，以闪电般的速度，一下子把我的面包抢走了。孔雀看着我。我无能为力啊。我跑不过猴子，要不回来了。

动物都挺爱吃人做的东西。自己虽然不会加工（我仅能想到蜜蜂除外），但神奇的自然会给予它们。吃一顿算一顿，下次再找。以前我会这么认为，现在我知道，豹子会把没吃完的东西藏好。松鼠也会把橡子藏起来。它藏的橡子实在是太多了，很多忘记拿出来吃的，就发芽，长成橡树。很多橡树，实际上，是松鼠种的。

我到现在还没有吃过橡子。我倒是经常吃松子。你总买给我。

我一向马虎。安道尔之前，我从未注意到西餐的鸡蛋，分熟、半熟两类。倒也因为，自助早餐我从不吃鸡蛋。素我吃得少，肉吃得多。熏肉啊，火腿啊什么，会取满满一盘子。这几天早餐，这个长得实在像裴勇俊的韩国帅哥总坐我身边。帅哥面前，咱怎么也该收敛点吧。我的早餐盘子，开始清净起来。这天，只有一片火腿、一颗鸡蛋、几片蔬菜。

从窗口，可以看到科马佩特罗萨峰，白雪皑皑。初识的世界，就如这白雪。

他习惯性地在我旁边坐下。我把鸡蛋往桌子上轻轻一磕。咱们都知道覆水难收吧。鸡蛋汤也如此。鸡蛋被我磕完，像小孩摔了个重跟头，再也不能被扶起来了。又白又黄的液体流了一桌。这个帅哥，果然风度翩翩啊。“没事，不怨你，他们没有煮熟。”他马上帮我收拾，他的微笑，像此时窗外一片雪景中的阳光。邻座那两个姑娘，再忍不住了，哈哈大笑起来。其中一个，起身，为我取回一颗煮熟的蛋。

只有在你面前，我才会完全放松。狼吞虎咽。每次吃得比你都多。

好了，褐翅燕鸥飞走了，我可以吃鸟蛋了。

鸟蛋上的花纹很是漂亮。每个都不相同。剥一半皮，我突然想拍张照片。煮熟的蛋清，映着早上的天光，晶晶莹莹。玲珑的鸟蛋，戴着一半很有装饰性的壳，像个艺术品。

鸟，还是单纯。“我把它们的蛋换了，你说它们会知道吗？”导游向我们十几个游客提问。我想起帝王企鹅。几千个孩子中，企鹅能认出自己的宝宝。当然，如果蛋变成了鸟，那情况也许不同。后来我回国，参加一次聚会。一哥们要去塞舌尔自由行，让我讲讲那里。那时在场五个人，我说到导游向我们提的问题时，一90后萌女说：“嘿，男人，能认出自己的精子吗？”她旁边也很萌的一个说：“还是不一样吧。公鸟不下蛋。”

“导游当我们的面，把它们的蛋换了。它们不知道，还接着孵。”我说出答案。

萌女一说：“那后来换没换回来啊？公鸟发现老婆生的，不是自己的孩子，还不去做亲子鉴定？”

萌女二说：“估计公鸟看不出来。就是男人也不一定看得出来啊。”

鸟类的敏感度应该比人强吧。在西非，我参观过一个农场。我看到树下有个鸟宝宝时，想把它捡起来，送回鸟窝。农场主人，台湾女人简太太制止了我。“如果幼鸟沾了人气，大鸟就不要它了。”

我是这么想的，所以看到这鸟岛的岸边，一只燕鸥如此长久地蹲在那里时，我只是静候在一边。

“你看出它有什么异常吗？”一个帅哥过来，问我。

“当然。”我说，“鸟类通常都像孩子，没有在一个地方待久的。”

“那你干吗见死不救啊？”

我说我的理由。

“你看不出它是成年鸟吗？它受伤了，自己走不了了。”

“同类也帮不了忙。这点，真不如人类。”

“但它们有我们。”帅哥说，小心地把鸟拿起来。鸟也不挣扎，乖乖地任他将自己送回树上。

我们受伤时，都会有力量帮助我们。这力量有时来自别人，有时来自自己。

后来我借辆自行车。我骑得正自在，一只鸟向我俯冲过来。我吓了一跳。它没抓我，也没落我身上。它落在我的车把上。“你说你有翅膀，干吗还搭我的车？”我说。

它没吱声。过了有一分钟，才吱吱叫起来。反应这么慢啊？我乐了。它飞了。

曾经，你骑车带着我，满北京跑。为躲警察，我们总是穿小巷。我有时抛开习惯，冲左边坐。你骑得飞快，我晕得飞快。

有一年国庆节去天安门。

“骑车的不能和行人走一起。”警察过来。

“我推着走还不行吗？”

“不行。”

“人这么多，我们走散了怎么办？”

“那你推着她走。”

你就推着我。推一个人，可比骑车带一个人累多了。这时候，你希望我是林黛玉吧？

我看到一块雪白墓地，上面放着白色鲜花。那是给人还是鸟的？我得过去看看。走到一半，我便知自己太傻太天真，当然是人，鸟的墓地怎么会这么大？可是，不能是好多鸟同葬吗？

不管是人还是鸟，我的心都很平静。我不再有凄凄悲歌，我的心里奏起的只是追思曲：请赐予他们永恒的安息。

前天安洁来信说，她老爸去世了。他脑溢血后卧床七年。我赶紧回信，虽然任何语言都是苍白的。“死亡既然无法避免，那我们必须认识它，面对它，接受它。沮丧与低落是难免的，但我们要学会调整、驾驭，转化不良情绪，快速振作起来。”她的回信让我放心。“世界上，没有哪家，没有死过人。没有哪个人，一直活着。生命是物质，物质不会恒久。我接纳，然后放下。我当他是去另外一个世界了。在给他烧纸时，我说：‘老爸，从前，你不是有钱人。现在我多给你点钱，让你在那边当个大款。’”

生有欢乐，也有痛苦。生命艰辛，也伟大。生命就是一个过程，过程结束了，我们走了，一切原本简单明了。

生命的结局虽然是固定的，但生命本身值得我们每个人珍惜，直到最后一刻。生活待我们仁厚，我们要有热忱之心。生活无情，我们也要淡然处之。我们淡然，外在世界最大的激荡也不再激荡。不过是大乌云飘过。

在纯净自然的环境下，我已经慢慢释解了心中关于生离死别的情浓纠缠，我的心开始顺从并坦然面对原始的生命规律。释然离散，领悟、享受生活的乐趣。

一切随他，自由自在。

褐翅燕鸥登上枝头，面对晨阳，沉静无比。它也是欣赏日出吗？

去看蓝灰燕鸥孵蛋，它们也没有什么异议。我最喜欢的是白燕鸥，它伸展翅膀的时候，我会恍惚觉得它就是天使。后来林小茜看到我的照片，说它是“森林之光”。它不会筑巢，但它会在树杈上孵蛋。塞舌尔人也喜欢它，把它印在10卢比的钱币上。燕鸥的寿命可达40年。在塞舌尔这样的天堂里自在飞翔40年，是会让我们人类羡慕的吧？

买下一个岛，隐居

我喜欢马烟岛，因为这里住着一个特别的人。

30多年前，英国作家克鲁索来到这远离尘嚣的地方，他花不多的钱买下此岛，一直生活至今。宽大绿色植物掩映着他简单质朴的家，狗儿慵懒地趴在阳光下，大海龟则在院子里爬来爬去。海龟天生有危险意识。婴儿海龟，把它们放在桌上，它们走到桌边儿，竟然停住不再往前了。给我演示这些时，克鲁索仿佛孩子一样天真。他对龟儿、狗儿，也像对自己的孩子。

常年在这样纯真中生活，人都跟着透亮真实起来。让我也禁不住想把他的生活方式传达出去。后来有朋友看到我拍的图片，说："他怎么穿得这么少啊？"我当时一点都没有注意。在那个很多房间甚至不用门窗，直接面向窗外的绿色和阳光的地方，他已和周遭融为一体了。所以，他赤足，他着装甚少。

天赐美景，宜人气候，高福利，也使得塞舌尔人既超然，又淳朴可爱。遇到美景，我有时会忍不住在山路上停车。也是往来人少，我才敢这样。遇到三次后面来车，没有一次按喇叭催的，都是安静地等待。

据说，上帝创造完世界后，手中还剩有一把钻石。他把这些钻石撒到了印度洋上，非洲东部的一个地方，于是"塞舌尔（Seychelles）"诞生了。行走在塞舌尔，你会完全相信这个传说。克鲁索把我送出来。他向我挥手道别时，我感觉，我是在向伊甸园道别。

这传说中的伊甸园，我来过。我与你，相遇在人生的爱之初，我已经足够感激。

克鲁索的院子。

日常苏丹

巴蒂斯说他有 73 个表兄弟姐妹时，我以为自己听错了。他再次重复，我理解了。他妈妈有 11 个兄弟姐妹，他爸爸有 8 个，平均算起来，每家还不到 4 个。这在家庭人口众多的阿拉伯世界，可太正常了。

他自家的兄弟有三个，姐妹两个。

他妈妈瓦希拉是典型的阿拉伯劳动妇女，热情开朗，无所不言。第一次去她家，在洗手间找不到卫生纸，找她要。我被告知苏丹人上厕所不用卫生纸，直接用水。大女儿西海姆回来时，她兴高采烈地对西海姆说："多奇怪呀，她上厕所还要卫生纸。"

西海姆穿黑色长袍，戴黑色头巾。

我们中国人的经验，黑色吸热。这么热的地方，该穿白衣服啊，这里的女人却喜欢黑色，可能耐热能力比我们强吧。几天前，我实在是好奇这么热的地方，经过一天狂晒的铁板，几个十几岁的孩子怎么能走在上面。他们回答："你快点走就没有问题。"孩子好动，大人们还是老老实实待着。瓦希拉家用不起空调。她怀念从前在农村的岁月。"家人挖地窖。我们整天待在地窖里。"

不过刚刚在玻璃窗上涂上了特制的涂料，能抵御紫外线和强光。费用是西海姆出的。偷着给妈妈的。阿拉伯小伙子结婚后，也要看收入，给父母各自不等的赡养费用。女孩则不用。我想也是这个缘故吧，女方父母得收非常多的彩礼后，才允许姑娘出嫁。抑或，觉得彩礼多，这小伙子自然有经济基础，女儿也能跟着过得幸福？

苏丹是世界上最热的国家之一，全年平均气温 31 度。最热的 6 月～10 月，气温可达 50 度。现在是 11 月，出门，终于不再是滚滚热浪扑面而来。而且，4 月到 10 月间的哈布卜风也没有了。这种沙暴每年要刮 30 次左右，铺天盖地，卷起的沙尘有几层楼高，非常骇人。

苏丹没什么旅游资源，这已经算是风景了。

苏丹人生活并不富裕，但内心平和幸福。他们非常愿意帮助人。

不那么热了，但大家还是接着喝苏丹红茶。被这里的中国人简称为苏丹红的这茶，取自花朵 Hibiscus，百分百纯天然。冲泡后是粉红色，微酸爽口，不仅解暑而且降血压，对治疗伤风感冒有奇效，是这里人的最爱，几乎是每个人常年喝。

尼罗，尼罗，长比天河

收水费的来了。奇怪的是，这里的水费，是“估计着收”。

“估计”，在他们的生活里很普遍。圆白菜、西瓜、鸡、鸭都不按斤算，而是论个数，然后看大小，再估计着各自的不同。苏丹常年热，这土地上的植物也便干硬。圆白菜外面的几层往往不能吃。西瓜却很好吃，个头也大。有的西瓜，二三十人吃都没有问题。巴蒂斯教西海姆6个月的孩子认识西瓜时，小家伙被大西瓜吓哭了。

苏丹人的收入普遍不高，每月多在 200 美元左右，物价却贵，一斤黄瓜折合人民币十几块。

我曾可怜他们的生活，后来一想，不同的生活，也给予人不同的感受、认知。他们对食物很珍爱，也不像我们中国人什么都吃，无所忌讳。乌龟不会担心被人捉住吃掉；驴、狗完成一生的劳动后，不会被宰杀吃掉，而是放到自然里自然终老。

巴蒂斯的小弟马路安回来了。狂爱苏丹籍 NBA 球星邓·盖伊的这个 14 岁少年，是去 TUTTI 沙滩踢足球了。他是 MERIAH 球队的粉丝。他学习也不错，准备学大哥，努力考上大学后找个体面的工作。他可不想像二哥，在烈日下坐在自己的斧头后等着人家来用工。他也不想像他的几个小表弟，在穿梭的车流中兜售电话卡。他准备上 NEELAN 大学，NEELAN 的意思是“两条尼罗河”。

我最初知道尼罗河，是因为《尼罗河上的惨案》。而相当长时间内，提起尼罗河，只会想到埃及。其实，尼罗河流经布隆迪、卢旺达、坦桑尼亚、乌干达、埃塞俄比亚、苏丹、埃及，跨越世界上面积最大的撒哈拉沙漠，最后注入地中海。其实尼罗河有两条，青尼罗河，白尼罗河；它们的汇聚之地，正是喀土穆。它们汇聚之前的三角洲，便是TUTTI。

他们没有我们的青少年活动中心，像样的球场也只供专业人士。在稍微能伸脚的地方，破烂的水泥地上，垃圾堆旁都有孩子在踢球。

瓦希拉家离尼罗河不远，坐"小蹦子"两镑就行。这种"小蹦子"是当地特有的便宜交通工具，它横穿喀土穆，霸气丝毫不弱于大卡车。它也不比出租车差到哪里。出租车也是破烂、脏，车窗常年洞开，没有空调享受。

尼罗河，阿拉伯语，意为"大河"。苏丹的谚语中说："尼罗，尼罗，长比天河。"不过这里的尼罗河，确实比埃及逊色许多。只是河而已，没什么可看的。从另外一个方面想，却更自然淳朴吧。

苏丹没什么旅游资源，而且拍照也不容易。我拍个清真寺，还被请到了警察局，除了图片要被删除之外，还交了50美元罚款。我的英国朋友，因为拍大桥而遭到同样待遇。但这里的人们非常热情，非常多的人，非常远就和我打招呼，笑脸相迎。瓦希拉一家更是。女人们和我在室外已经行过面颊礼了，脱鞋进屋后，又来一番。

瓦希拉做Kisra，类似我们的鸡蛋饼。西海姆用秋葵做Bamia。女孩都是早早承担起家务。她12岁时就开始做饭洗衣了。我，一个女子，闲着吃干饭也不好啊，就帮着在炭火上炒咖啡豆。

他们家，很多时候是做很多饭，然后一两天不用再做了。因为"经常停水"。我笑了，"放冰箱里也不保险啊，经常停电。"

十九

撒哈拉

浩瀚沙漠，烟火人生

跟着沙漠商队在茫茫沙漠中穿行，日日看着驼队慢慢前行，在寂静与浩渺中品味到了自然的神秘、伟大。它荒凉苍茫，它也辽阔激昂。跟着沙漠商队走了26天，我感受到了三毛在这片沙漠中感受到的，想到了三毛和荷西远离尘嚣却依旧缓缓流淌的烟火人生，再度为三毛的传奇打动，也想起了你。生命没有阻碍，只有流淌；没有沧海桑田，只有安稳沉静。我感到光明、通透，前前无始，后后无终。

黄昏中的阿雍，总算有点瑰丽的色彩。

三毛，将生命高举在尘俗之上

突然，我决定去三毛生活过的阿雍看看。

飞机从卡萨布兰卡起飞。

我听见我后排一个男人用法语对旁边的伙伴说："我爱你。"

我忍住没回头，不知道这三个字西班牙语怎么说。我记得三毛和荷西如人间彩虹一样的爱情，记得他们的十指交握。他们说不说这话我忘记了。

我想起《哭泣的骆驼》中，西班牙人撤离，摩洛哥人前来之际，人们对沙伊达的审判。在人群的推挤奔逃中，三毛想为她辩解的努力与无奈。"沙伊达闭着眼睛，动也不动，我想，在她听见巴西里的死讯时，已经心碎了，这会儿，不过是求死得死罢了。"

西班牙人撤离后，三毛随荷西去了加那利群岛。4年后，就是在那里，荷西溺水而亡，也带走了三毛此生的牵挂。

今天，这里虽还叫西属撒哈拉，但仍是被摩洛哥军事控制。橄榄色军装的士兵满街都是，持枪站立，面无表情。这里最大的广场叫 Du Mechouar。广场旁有大清真寺、议会大厦。但如"Lonely Planet"所说，这一切平淡得让我掏相机都觉得多余。

我站在麦加大道，看匆匆而过的行人，破旧的二手车。我在北非的其他小镇，无数次想过这里，想象三毛怎样路遇父母，与他们告别，一人去荷西的坟前；想象她的阳光日子，她上街，如何与人招呼。小镇人少，三个月就把半镇子的人都认识了。

小镇一点没有我想象中的样子，它敏感紧张、破败丑陋。小镇虽小，却舒宁安和，可好好安放爱情。三毛把它的精髓带走了。

"花没有了，阳光下露出来的是一片黄黄干干的尘土，在这片刺目的，被我看了一千遍一万遍的土地下，长眠着我生命中最最心爱的丈夫。”1991年，三毛用丝袜结束自己的生命前，对这世界的留恋，一定是没有了。

时光如水逝去，今天街上的年轻人，都不知道Echo是谁。这世界还是有很多阻隔的，这些异乡的心灵，自然和我们不同。

时光、流水一样无情。

男人和女人，其实也不同。

有一天我和小景在网上聊起三毛，他说："我觉得三毛太夸张。1975年，摩洛哥哈桑二世准备招募10万义勇军'解放'西属撒哈拉，结果，来了35万。这是我查的资料，而三毛在《哭泣的骆驼》里说，哈桑二世准备招募35万，结果来了200万。"

曾和我约稿的探险家马中欣，还专门去求证三毛的真相。

太真实的东西，让我们失去做梦的美好。

也是这点考虑吧，我没有去苦苦寻找三毛的旧居。

"乘兴而来，兴尽而返，何必见安道耶？"中国古人，最见风骨。

就在我快离开阿雍的时候，我看到一家简陋的水泥窗台上，摆着一个土红色的小花盆，里面，竟然有紫罗兰。紫色的叶间开着紫色的小花。人是环境的产物，沙漠人家，自然不太养花。在迪拜，一棵树的养护成本是一年2000美元以上。有钱人，才能拥有起花园。这小小的紫罗兰，不会费很多水，但这样的环境，它容易活吗？不知看护它的，是怎样的一个人？我猜想该是一个女孩，她的明天不会在这里，她有新天地。她把自己的憧憬希望，安放在这紫色的神秘中，明快悦心。也可能，她是一个在现实里已无法转身，只在心里有梦的女人。但这份紫，给了她优雅宁静和安慰。只要有梦，多局促的地方都不小。

黄昏的光，打在粉墙上，有东西翩翩而来，是蝴蝶。

我惊异了。我从没有在沙漠地带见过蝴蝶。

瑰丽的它，和它彩色的影子，让这粉墙生动美妙。

一定是这小镇太缺少色彩了，它没有花，蝴蝶只有把自己的影子当成花。这黄昏的粉墙，是它唯一的舞台。我的想法显然可笑之极。蝴蝶的黄昏之舞，并不是对自己影子的欣赏。它翩翩两次飞过这里，然后，它很可能是确定了那芳香来自何方，向那紫罗兰飞去。

蝴蝶生在这里，还是为了紫罗兰那小小的芬芳，不辞艰辛，远飞而来？

灰暗、浑浊的地方，不存在花朵蝴蝶这样娇弱的东西，曾经，我这么以为。

我的思维，本该走向紫罗兰蝴蝶的路。但不知为什么，仿佛神性临在，突然，就像我对那紫罗兰的主人心生祝福一样，我祝福的心，也开始对她的邻居们，那些没有紫罗兰的人，所有的人。

上天赐给我们每个人的都不同。诗意、美感、朴实、勤劳，一切本无区别，大家都是平等的。白天，我们的窗都开向蓝天的明阔；夜晚，这窗一样开向宇宙的神秘。

世界也是公平的。北欧一向被认为人类宜居。但那里的冬天，下午两三点天就黑了。这里粗粝，但它有慷慨的太阳。世界每处，世间每人，都自有他们的瑰丽。从乌干达开始，我其实已经能为朴素的风景感动，我对这里失望，只是因为三毛，让我对这里有太多期待。我其实应该懂得，三毛那个“撒哈拉最美丽的家”，在坟场旁边的家，东拼西凑来的家具，该是个什么模样。梦是家最好的装点。但人最大的本事，不是你过什么样与众不同的生活，恰是你能在平凡中踏实开心。

孩子们游戏时的叫声，女人们清新的笑语，男人的凝眸深思，老人的慈祥目光……小镇自有它内在的饱满。

日出、日落时分，是撒哈拉最美的时分。

沙漠苍茫、寂寞，沙漠也温暖、柔情，看你选择的角度。

黄昏的金色明净耀眼，一切值得记忆。

我心生敬意。

我也为我此时能有这样的心境而对上天心存感激。

走进浩瀚撒哈拉

我转向沙漠里面。

也到了这时才知道，沙漠不仅仅是壮阔、浩渺，更多的是严酷。风太大了，戴着墨镜都迷眼睛。

风更大了，导游都不开车，任车自己在风中滑行。在有沙纹的路上，咯噔咯噔。流沙盘旋而行，瞬息异形。沙漠，这沉闷的寂地，也在此时，有了时间的坐标。

我在狂风中下车，费半天劲推开车门。

我看到一片紫色的花。再贫瘠的土地，也阻止不了你们的盛放，好！我在心里赞叹。我不知道它叫什么，权且叫沙漠兰。

我爬上一个大沙丘，用矿泉水瓶子，装满撒哈拉的沙子。这日后给我惹了很多麻烦，在几处海关，大家严肃地研究这到底是什么。“装一瓶沙子？”“没有病吧？”当然，后一句他们没直接说。

最惊险的当数沙漠冲浪。从高高的沙丘上往下冲，把几乎垂直的沙丘壁当成平路，蛇形其上。我发出的惊叫绝对比四轮车的轰鸣声大。

我想起突尼斯。每年 12 月，杜兹有一年一度的撒哈拉沙漠节，身穿铠甲的战士横刀立马，穿传统服装的女人舞姿优美。骆驼赛跑，斗骆驼。大漠自有它独特的欢乐。

这时候有个商队要进沙漠。我请求，他们同意带上我。

傍晚的云霞，让人想飞。

霞光中，有人拿出横笛，笛音一曲，穿越时空。想起齐豫的专辑里，三毛的声音。魂飞无所寄？心能通生死。你真爱一个人，他（她）离你多远，离开你多久，都没有关系。

黑暗来临的时候，还是感觉有些寂寞，仿佛周围不是沙漠，而是宇宙的黑洞。

篝火点起，送我们温暖。

火光跳跃着，金光让我的心，开始愉悦。风大起来，火和我们的影子开始自由地舞蹈。它们太自由了，可算得上飞转，得努力，才能找到它们确切的所在。但只是一瞬，它们马上移去他处。

突然，一颗流星悠然飞逝，和火光、影子的飞转纠结在一起。

这一瞬，我感到我们和自然是一体的。

商队中有个叫卡立德的，对天文有研究。沙漠的夜空，繁星密布，大家又闲得无事，就不着边际地瞎问。

“宇宙中最冷的地方是哪里？”

“布莫让星云，距离地球 5000 光年之遥，零下 457.87 度。”那么冷，我突然意识到他说的是华氏度，不过摄氏度也有零下 272.5 度。

后来我查资料，知道那星云也叫蝴蝶星云，美丽至极。

“恒星真的能永恒吗？”

我不知何时睡着了。我醒时，但听一个陌生的声音悠缓地说：“……这种绚烂之后，恒星漫长的一生结束了，重新变成宇宙尘埃和气体。一定时间后，这些尘埃和气体又会组成新的恒星，宇宙生生不息。”

我醒过神来，意识到那个声音，就是刚刚熟悉起来的卡立德。一瞬间，无比恍惚。

流失与重聚。我们人类亦是如此。我们产生于精华。我们慢慢失去精华，失去最美的岁月，衰老、死亡，从有机物变为无机物。

落红化为春泥，我们化为尘埃。就像我们吃过的食物，成为我们身体的一部分，我们也始终是宇宙的一部分。我们参与宇宙的整体循环，生生不息，有何悲哀？乐观地看，我们的天地更广阔了。

且让我们对来去之物，平常待之；对飘忽流转的无常，安然处之吧。我们和这个世界，从没有分离过，只是换了一种形式。

“星星是离我们远，光过来时因为受阻力，所以才看起来一闪一闪的吗？”

“太阳光从太阳射到地球上是八分十八秒。而我们看到的星光，有些实际上是星星几百万年前甚至几亿年前发出来的光。当我们看到这光时，也许这星星已经死去。”

恒星都会死去。时间算什么？一切都是相对的。

忽又记起三毛说的：“人毕竟是要各自飞行的，能彼此看一眼是一刹那又已是千年了！”

作为个体，我们是渺小。但正是因了这无数的渺小，冰冷的宇宙才有鲜活，有温暖，有灵魂相交辉映出的满天云霞。

“黑洞到底是什么？它怎么会有那么大的引力，无法逃脱？”

“对于地球来说，以每秒 11.2 公里的速度，即第二宇宙速度飞行，就可以摆脱地球。但是对于黑洞来说，它的第二宇宙速度太大了，甚至超越了光速，光都冲不出来，于是射进去的光反射不回来，所以我们的眼睛只见黑暗一片。"

痛苦、疾病、变迁、意外、死亡等负面事件，也仿佛人生的黑洞。是拒绝，想逃脱的欲望，造成我们的恐惧，我们内心的冲突。其实，负面事件就像火，激烈，却有时间性，时间一过，一切安宁下来。一切都需要充分表达、释放。

突然，我感觉，我的向度变了，不仅无常，循环的本质于我，也什么不是。生死不是问题，什么都不是问题。

我享受此时的安宁自在轻松，第一次感觉与自己合一。

我欣赏、享受一切，但当它们离开时，我微笑放手。我有另外一个潜在的生命，不囿于这个世界，任何东西击溃不倒它。生命没有阻碍，只有流淌；没有沧海桑田，只有安稳沉静。

我感到光明、通透。前前无始，后后无终。

曙色初染，灵魂飞翔结束，我们重回身边的现实。

我想起昨夜的感悟，有些恍惚。

沙漠的日出，沉静得让人简直想落泪。因为我还没有持续不断的内在和平，我离那个常驻的临在，不变的宁静，如如不在尚远。但我知道，有一天，很可能，我会真正抵达它的身边。

我跟骆驼学如何躲避风沙。

我搭帐篷，在沙子里烹制面包。

我跟着沙漠商队走了 26 天。在茫茫沙漠中，驼队慢慢而行，在寂静与浩渺中品味自然的神秘、伟大。它荒凉苍茫，它也辽阔，激昂。

我也知道了，卡立德并不如我想象的那样，家庭条件优渥，甚至有天文望远镜。他只是在房顶望夜空，用最普遍的望远镜。晚上，怕影响家人休息，他上网查资料，都是在小小的洗手间里摆张小桌。

爱好是人生最好的陪伴。

刚毕业时，我在中国进过沙漠，那是我最不喜欢的风景，单调、孤寂、无趣。但今天，我看到的是它的博大、壮美。怎么把贫穷、枯燥，打理成生机盎然？三毛做到了。

而我，为这女子的传奇再度打动，也收获了一颗最安宁朴素的心。

走了这么这么久，这么这么远，我的心终于有了归处。

《英国病人》爱与道德的双人舞

突尼斯虽小，地貌却非常丰富：海洋、沙漠、绿洲、盐湖（如果你够幸运，能在盐湖里看到海市蜃楼）。它丰富的地貌，让《英国病人》的外景取材于此。托泽尔，棕榈树的故乡。我原来对棕榈树不感冒，觉得它敦厚朴实，太平常。可是，你在茫茫的沙漠中，终于见到那亲人一样的绿洲，是棕榈树所给予的。棕榈树下，有石榴等果树；再下面，是菜地。阿拉伯人多生活在沙漠地带，珍惜绿洲，擅长立体栽培。

我惊叹石榴和椰枣树的绝妙相配，在树下久久流连。“你是想吃石榴，又不好意思摘吧？”一个小伙子过来，上去就掰下来一个给我。

突尼斯盛产椰枣，以托泽尔生产的为最好。其中最好的品种，透明，琥珀色，名字很有些仙气：光的手指。

采过果实的椰枣树枝大多放在树下。点燃，驱虫最好。椰枣树的树干，可以建房。

雨落下来。不多的行人也不疾走，还在雨里慢悠悠。也许他们对雨有特别的感情，视如甘霖。有人乘四轮马车嗒嗒而过，铃声叮当。有老妇着传统看导游经常从大石头上一溜滑下去，我也跟着做了。冒险的味道，让我有进入电影的感觉。

电影《英国病人》外景拍摄地。

服装，无声而过。雨滴从枝头落下，一切让人觉得既真实又虚幻。

绿洲，也就有绿，花很少。一种黄色的花开得不错。这世上少见的没有花心的花，名曰“好男人”。我一向喜欢特别的，神秘的，对夹竹桃这等普通的自然感觉平平。小时候家里就有。但在这沙漠边界，突然对它有了新感情。它们用绿叶，粉色，白色的花朵，对抗着卷卷风沙。就像这里的姑娘。

托泽尔还有那永不枯竭的达玛扎山泉，一千零一夜主题公园。

托泽尔的建筑，也非常有特色。细细的小砖，因为深浅排列不同，而有别致、立体的图案。中央电视台关于此地的解说词讲：“现在的托泽尔人，基本上不再穿传统民族服装，在脸上纹秀图案的习俗，也不再流行。所以我们无法判断墙上的图案是否真的和托泽尔人脸上、服装上的花纹相像。”其实，着传统服装的女人还是有的，只不过她们老了，多待在家里。脸上文秀，非不再流行，是压根没有了。不过我在一个 70 岁老奶奶的脸上找到了，而且，她同意我拍。我替中央台做个判断，确实像。

托泽尔西北，OASES 山的峡谷，也曾是《英国病人》的外景。摄制组曾有 80 人驻扎在此。本来地势险峻，导游更带我险中求险，走几个影片拍摄的场地。有时分开杂草，从大石头上一滑就下去了，压根不管我下不下得来。

我想起一个人。他和我不在一家媒体，但在一家媒体集团，在一个办公大楼，彼此没说过话。有天，在外面开会，我们碰到。他让我搭他的车。出门，才知道，他没有车，是打车。那也无所谓，反正是免费，顺风。路上很堵，他嘟囔了几回。离我们大楼差不多还有一公里时，他突然说：“咱们下车吧。”我说好。我以为他会绕过引桥到辅路，走到单位。谁知道，没走几步，他竟然没有跟我说一声，突然从桥上纵身而跳。我心里一咯噔。我往下一看，高度还可以，也就三米。而他，灵活地闪过车流，走到人行路上，没有回头看我一眼。更可笑愚蠢的是，我也跟着跳了下去。

傍晚，我在大楼里又看到他了，他欣慰地说：“我赶上了下午的选题会。”

我说："我去医院了。"烦躁又怨恨的口气他应该听出来了吧。如果是别的原因去医院，我不会和他讲，不会这语气呀。可他没有再问。男人和女人真不同。

我边走，边听导游讲，边在小本子上记，心里还开着小差，想着那旧事。虽然小心，脚下还是一滑，笔和本子都摔出去了。我倒没有。导游及时拉住我。我道谢："你要是没拉住我，我掉下去的话，即使不葬身峡谷，也得摔个残废吧。"导游开玩笑："如果赶上峡谷里满是水，你会幸运。"我心扑腾乱跳。他说的是 2 月还是几月，我没有听清。

迷恋突尼斯外景的还有很多著名导演。乔治·卢卡斯的《星球大战》；弗朗哥·泽菲雷里著名的《拿撒勒的耶稣》；特里·琼斯的经典喜剧《布莱恩的一生》都曾拍摄于此。

导游说，斯蒂芬·斯皮尔伯格的《印第安纳·琼斯》也拍于这里。我对这影片不熟。晚上回酒店上网一查，你猜是谁？原来就是《夺宝奇兵》。斯皮尔伯格的历险片中同样蕴含着孩子般的奇妙幻想。

你还记得印第安纳·琼斯与法柜吧？电影里说它在开罗。

你知道传说中十诫的圣物"法柜"藏在哪里吗？就藏在我去过的埃塞锡安山圣玛丽亚天主教堂里！

我站在窗前，望着夜色中的 OASES 峡谷。

上天赋予我们生命时，也赋予我们宽广、自由、梦想。但在程式化的生活里，大部分人都丢失了。它们只成为词汇，在我们的字典里。很多人甚至梦中都不想。而我从苦厄的现实中抬头，远走，终于能触碰这一切。我为发现自己的新力量、新眼光、新能量、新境界而内心平静。我也为亲情、爱情的缺失而遗憾。我飞翔得愈加自由，我心里的隐痛就越强。它们仿佛《英国病人》中，那爱与道德的双人舞。

那凄美动人的《英国病人》，是故事，已落入结局，无法回转。而我，还有路可走。我的归期有了日程。

这时候，我在澳洲的同学来信，邀请我去参加她的婚礼。

在邀请函上备有一张单子，说明婚后会需要哪些东西。亲朋好友根据自己的情况相送，这就避免礼物无用和重复。外国人的务实精神让我一乐。

我准备先去澳洲一趟。

驼影、落日、残云。

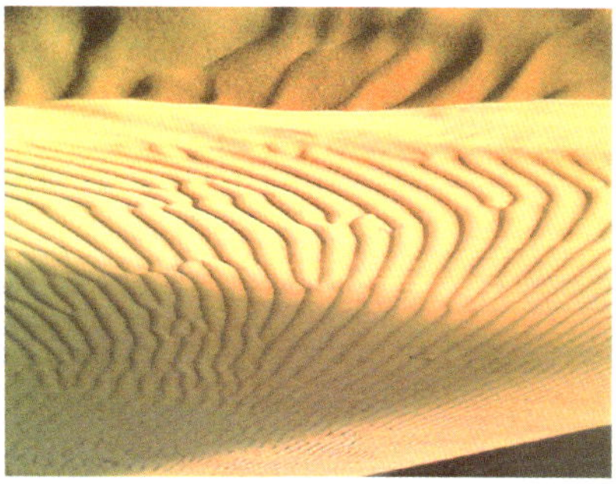

二十

旅途车祸，重获新生

狂欢之后，必有衰痛？同学的婚礼之后，我在大洋路上出了车祸。祸福所倚吗？你竟然赶来，林晨也来了。他带着许诺过我的风筝。我坐在轮椅上，看风筝飞上去，像天空的一个梦。是谁说过"错过的城市，不管多久，一张机票就能解决；但错过的人，若不及时回头，却没有任何航班能够弥补……我一直以为我爱的人，会在原地好好地等待，但生命轮转的力道，不会理会你的遗憾。"最后，我终于明白，所有的兜兜转转不过是为了重新回到起点。而生命又何尝不是？

旅途车祸

我小学就读过五所学校，H 是我百余个同学中的一个，和我一直联系。她大学毕业后也到北京了，几年前移民澳洲。

有些人一两年不见，便生疏了；有些人多年不见，还如同昨日。我们热烈拥抱，仿佛回到从前。住房等隐私，我是不会问的。H 不见外，什么都告诉我。她和先生也是贷款买的房，首付 10%，比她年薪还少。婚纱是娘家负责买，价格可不低。

要我做伴娘？我受宠若惊。伴娘有四个！真出我意外。我们都穿礼服，手捧花，跟我在津巴布韦见的婚礼一样。

婚礼的地点不是我想当然的在教堂，而是在公园里。参天古树、绿草地、幸福的人儿。

中国的婚礼，新娘一般要换好几套衣服。她们就一套，不累人。

这是我在海外第一次参加熟人的婚礼，感慨良多。

我为他们祝福。

是谁说过“漏掉的城市，不管多久，一张机票就能解决；但错过的人，若不及时回头，却没有任何航班能够弥补……我一直以为我爱的人，会在原地好好地等着，但生命轮转的力道，不理会你的遗憾。”

婚礼之后，我准备从墨尔本自驾到袋鼠岛。

虽然右舵，左侧行驶很不习惯，但大洋路是那么让人激荡。蔚蓝色的大海、沙滩、礁石、峭壁、牧场。你永远不知道下个转弯处有什么等你。

我更想象不到一场车祸正等着我。

我苏醒过来时，已经在医院的病床上，右小腿胫腓骨开放性粉碎骨折。

前尘如梦。我想到你。你还会为我担心和牵挂吗？

关于车祸。在博客、MSN 上，我发了信息。

祝福和关怀，源源不断地到来。

没有你的。

我本不该再寄希望。我们已分属两个世界。可朋友也不能做吗？是朋友，也该问候一下吧？

我万万没想到的是，你人直接来到我身边。我第一眼见你，想的是：祸福所倚。

“我要一辈子做你的骑士。”我想起 18 岁，你在学校老树下对我的承诺。我的眼泪滚滚而下。

你很自然地拿把椅子坐在我身边，没有罗马的陌生，好像我们昨天刚刚还见面。

你来了，说明什么呢？我突然又这么想。也许，你正好出差在澳洲？也许，你仅仅是作为朋友来看我。没准，你都有了新伴侣。

“家里的巴西木开花了。有天早起，我闻到一阵奇异的香味。我以为是从隔壁飘来的。你走后，家里很空洞，什么都没有。这味怎么总是在啊？我奇怪，找了半天，才发现，原来是阳台上的巴西木开花了。我觉得这好新奇，上网一查，在北方，果然十分难得。”

你打开手机，给我看巴西木的图片。

你还是一个人，我想，说：“原来是这样的花。”

“那香越来越浓，满屋子香啊。真是惭愧。说起来，也算朝夕相处，可它何时打骨朵，何时开的，我竟然一无所知。我突然想，我是否也曾对你这样？因为忙于工作而忽视你。你竟然能一走了之，一定是对我失望之极。”

“没那么失望。”

“我要去非洲工作了。”

我惊愕。

“不是我的本意，是单位派的。这真是天意。我注定要同非洲纠缠。”

我没说话。

“我本想放任你走，哪怕你有艳遇，我都能接受。我想不出，除了你，我还愿意和谁一起生活。我本准备等到你走累时。可眼下这情况，我不能坐等了。”

我泪湿衣衫。在生命最脆弱时，我竟然重新拥有了你。

果然是重新。

你说：“也可以说，我第二次爱上你。我像别人一样看你的帖子、博客。你虽然不在我身边，却是我的秘密真情。”

我终于明白，所有的兜兜转转不过是为了重新回到起点，而生命又何尝不是？

你出去为我买苹果时，林晨出现在我面前。

“你看起来相当不错，我真高兴。”他说，“我做好了准备，面对最坏的结果。”

“我不是还能上网发信息嘛。”

“我怕是护士帮你发的。”他说，“我上网查了下车祸都能怎样。还有失明的。如果是这样，我想讲给你一个故事。一个盲人，生活在北欧。每年有固定的日子，大家见他兴冲冲地上山。并没有特别的事情发生，只因阳光季节，他的眼睛开始有了光感。他还是看不见，仅仅是有了光感。”

“谢谢你的鼓励，我会努力走过这艰难的阶段。”我说，然后，我告诉他，我和你和好了。

他沉吟了一下说：“祝福你们！”

我说谢谢。

“看我给你带来了什么？”

是风筝。

“这么漂亮。”

他笑了一下。

他推着轮椅上的我出去。“我记得你讲过一个女孩，出车祸了，脚没了，坐在轮椅上，还穿漂亮的靴子。”

“是的，我觉得这很美好。没有什么能剥夺我们对美的追求。”

他笑了，“我私下问过医生了，你的腿没事，只是需要时间恢复。”他说着，突然停下来。他弯腰，把我松开的鞋带系好。我坐在轮椅上，这松开的鞋带丝毫不会妨碍我，可他还是认真完美地把它系成蝴蝶结。

我们停在沙滩上。

我要给他当助手。他不干。“助手有时也会忍不住跟着风筝跑起来，我怕那样你会摔倒。”

他自己跑。年轻健美的身影，让我想起非洲羚羊。

没什么风，风筝总是飞不起来。

他来回跑着。我真的不想让他失望，我祈求风，风，快来吧。

风来了。可风筝还是放不起来。他满头大汗。

“也许风筝做得不好。我太追求完美，所以……”

我就知道是他自己做的。我没见过的样式，紫色的，那么像蓝花楹。

我突然想到可能是风向问题。可周围没有旗杆或炊烟可参考。我突然看到沙滩上有一小截干草。太好了，它可以帮忙侧风向。我太急于把它捡起来了，竟然连人带轮椅一起摔倒。

“你没事吧？”我突然发现除林晨的声音外，也有你的声音。你们异口同声。

我说没事。

这时你已跑到我身边，抱起我。林晨扶起轮椅。

你会责怪我们吗？你没有。你拍拍林晨的肩膀：“来，我给你当助手。”

风筝飞上去，像是天空的一个梦。

林晨祝福了我们，微笑着离开。

“他就是林晨。”

“我估计是他。”

我跟你说说林晨对我的莫大帮助。

你微笑，倾听。

“信任，让我的心灵时时得到鼓励，让我收获此时的幸福。”你说。

是我的行走，也是你的信任，使我得到“心灵复原力”。我感觉我又可以站在从前原始的安宁里。相知以心，就别再抱怨怀疑，而是理解宽容珍惜。

我感觉自己比从前站得更高、更安稳。知道了以后要怎么去面对生活，怎么样去生活。

我的人生不可能从此一帆风顺。但我会在波折之途，找到披荆斩棘的勇气和跋涉的激情。且当苦难是福缘，笑纳。且当艰辛是挑战和契机。柳暗花明在哪里？在我的勇气，我的相信，我的努力付出中。我会尽人事听天命，心胸坦荡，胸怀开阔。

我觉得一切明朗起来。

“来，说说，你在非洲，最怕什么？”

在非洲乘飞机，需要有坚强的神经

“你在非洲，最怕什么？”

我说飞机。

非洲旅行，除了战争、被抢劫、疾病之外，飞机也是大问题。全球飞机退休后都去了哪里？到非洲接着工作！机龄在30年以上都敢继续飞，低成本的航空公司。国小人穷，航班起降非常多，飞机保养不行，飞行员培训少，管理混乱……

我一朋友讲几内亚。他去送朋友乘飞机，看着飞机起飞，他回来。结果，朋友一会儿也回来了，因为飞机轮子有问题，不飞了。第二天，还是一样情况。连续三天。那朋友在几内亚待了两年，“能活着回到中国，真不容易。某某那几个哥们，不就交待进去了嘛。”

朋友讲几内亚时，在场有个姑娘。她说：“我听说过这么件事，也是在非洲，哪个国家我忘了。飞机本来都在跑道上缓缓动了，可突然刹车了。舱门打开，一个黑女人上来了。哈哈哈，赶上早些年的小公共了。非洲真是这么以人为本吗？”

我说："完全可能。我在津巴布韦两周，行李都没有到。临走那天，肯尼亚给我确切的消息说我的行李当天到哈拉雷。我去找登机经理，痛诉我的悲惨经历，万分肯定地说我的行李，就在这刚抵达的航班中，这已经丢失两周的行李对我十分重要，能否，给我一点点时间找行李。这马上准备返回肯尼亚内罗毕的航班，就等了我 15 分钟。"

"然后，你终于找到你的行李了？"那姑娘问。

我摇头。

发生在几内亚首都科纳克里机场的这事，也确实为真。两个黑人少年，轻易混入机场，混上飞机。你们倒是混进机舱啊，藏身起落架箱内，那还不被冻死？

以下是美国一女记者的"亲身"经历。

等了 2 个多小时，她坐的航班迟迟不起飞。不是别的原因，是副驾驶找不到了。乘客都等得实在不耐烦了，也可能是没法找到副驾驶了，飞机就在没有副驾驶的情况下起飞了。飞了有 40 分钟，飞行员起身去洗手间。回来的时候，不知道为什么，驾驶室的门突然关上了，怎么也打不开。飞机上一片慌乱。这时候，飞行员急中生智，抄起一把斧头，把门劈开。化险为夷。

美国的女记者说这是她的亲身经历。而她提到的那家航空公司正在控告这记者。

舱门打不开，我是遇到过，只是这斧头应时出现的蹊跷。再想想，也完全有可能。飞行员领教过这舱门，就像我们在汽车里准备榔头，关键时候砸玻璃逃生一样。

2008 年，我准备从内罗毕去巴黎过圣诞。巴黎那边什么都预订好了。快登机时，我被告知：航班取消了。人家的理由非常充分："4 个乘客，我们怎么飞啊。"我说："那我的圣诞活动全部都得作废了。"人家说："下回你早点过去呀。”

2009年，我去苏丹。一个黑人妇女走到我面前：“您坐了我的位子。”我抬头看座位上的号码，低头看自己手中的号码。一点错没有呀，又让我左边的英国人看。他非常绅士地说：“你是对的。”问题是，那黑人妇女手中的号码，也是对的。航空公司，竟然把同一个座位，卖给两人！乘务组的人来做我们的工作，劝退一个。我们俩都不干。

乘务组的人说可以赔钱。我想给钱，她总会同意吧。嘿，她可真比我牛。“我不在乎这点钱，给多少钱我也不干。”

大家看着我们，面露焦急。白赚钱，大家还买你好，何乐不为？我说我同意下，伸手拿头顶的小行李。大家为我鼓掌。

我遇到过飞机的机身是空白，不写哪家航空公司。遇到过登机后，大家疯跑，抢座位；抢不到，明天再抢的。遇到过飞机漏水的；遇到过迫降成功的；遇到过冲出跑道的；遇到过不是乘机场大巴，而是步行非常远，去登机的。

行李称重，竟还有用小盘秤的，就跟菜市场称土豆一样。

在北非，看猫在机场咖啡馆里等乘客给东西吃，还算悠闲。在东非，突然被公鸡啄了一口，就有些吓人了。那公鸡在破篮子里，可能是待得太腻歪了，探出头，在我脚上狠狠地啄了一口。而我，怎么也想不到这么个高度，也有活物，没有提防啊。在机场看见破篮子可不稀奇。黑人带的行李，千奇百怪。藤编箱、木箱、布包、大筐……有在家门口买菜的小味道，也有搬家样的大手笔。那么重的藤编箱、木箱，该是压家底的呀。

如果没坐过“战斗机”（若干次俯冲、拉升，再俯冲、再拉升），那真不算在非洲飞过。飞非洲，需要有坚强的神经。有次，我实在是快崩溃了。但我怕诅咒会带来恶能量，我准备飞机一落地，马上抱怨一番。我抱怨了好几句，然后起身拿行李。一空姐向我冲来：“小姐，我记得你是在突尼斯下啊。”我说是啊。“这是的黎波里。”“买票时我说过要直飞的，不经过的黎波里。我向卖票的确认了两遍。这里不可能是的黎波里。”“确实是。”我确认了航班号，又找旁人确认。这里，确实是的黎波里。这真是对我的讽刺！但我没别的办法。我只有接着在这飞行员“高超”的技术中，在恶能量给我的恐惧里飞行，感觉自己的神经一根根断掉。

重生

彼时，我已回国。6月4日～5日，连续有两架尼日利亚飞机掉下来。看得我妈惊慌失措，一再确认我是不是真的坐在她身边。

为了安抚我妈，我觉得我不能像平时一样，闭嘴看电视了。结果我说了几句，我妈更是灵魂出窍。我说：“非洲的航空事故指数一向位于各地区之首。尼日利亚最糟，不出事才怪呢。我听朋友劝，去那里，买最贵的保险。”

我说着，心里一沉。林晨这时，该不会在尼日利亚了吧？澳洲之后，在MSN上遇到他几次，都是在尼日利亚出差。

不知怎么，我心里有不好的预感。我在手机上找到他的手机号，这是我第一次主动给他打电话。关机。打了两天都关机。他说过，他会24小时为我开机。虽然我没试过，但我相信。我打电话，给毛里塔尼亚。

“前天尼日利亚石油爆炸，林晨去世了。”他的一个同事说。

我泪如雨下。

曾是他透明的真挚使我看清自己内心的浑浊，是他的纯粹与简单救我于困厄，而我又要怎么做来回报他仿佛自然般的无私馈赠？我此生再没有办法了。

“如果他不认识我，可能没有今天这样的结局。我内心愧疚无比。”

“谁也抗争不过命运。”你说，“在澳洲，他对我说过，他此生最开心的事情就是遇到你。认识你后，他真正理解了什么叫死而无憾。他看过你写的毛里求斯植物园，关于蜉蝣的文章。取足一日，尚又何求？”

我沉默。

“哈，我现在……”你突然高声，又戛然而止。你说不下去了，眼泪默默流出。

这是我第一次见你流泪。我不知该替你擦去，还是让它就那么流着。

过了好久，你拉起我的手：“如果哪天我不在了，你一定要好好活着，快乐地活着。答应我。”

我看着白云，在天空翻飞而去。我们的生命有如云烟，爱又是什么？它让虚幻得以真实。让我们漠视结局的冰冷和单一，衷心于过程的温暖和丰富。

而我，我要去尼日利亚看林晨。

特别鸣谢

旅游超级畅销书《背包十年》作者　小鹏
国家心理咨询师情感专家　陶思璇
京东网高级副总裁　李曦
著名旅游专家　刘思敏博士
旅游卫视资讯部主任　孙宜平
《环球游报》总编　曹喜蛙
环球网旅游频道主编　韦爱君
《旅讯》主编　崔巍
《南方都市报》资深旅行编辑　王琦璋
中央人民广播电台文艺之声总监　贺超
《中国国家天文》执行出版人　李礼
《瑞丽时尚先锋》编辑部主任　段金希
《瑞丽伊人风尚》资深编辑　韩飞
《中国青年报·阅读周刊》负责人　徐虹
《北京文学》社长兼总编　杨晓升
《礼尚》总编　唐建平

图书在版编目（CIP）数据

在全世界的边缘呼唤爱 / 洛艺嘉著. — 南京：江苏文艺出版社，2014

ISBN 978-7-5399-7258-9

Ⅰ. ①在… Ⅱ. ①洛… Ⅲ. ①游记－作品集－中国－当代 Ⅳ. ①I267.4

中国版本图书馆CIP数据核字(2014)第048326号

书　　名	在全世界的边缘呼唤爱
著　　者	洛艺嘉
责任编辑	郝　鹏　孙金荣
策划编辑	王文鹏
特约编辑	陈艳冲
责任校对	郭慧红
封面设计	门乃婷工作室
版式设计	陈　璇
出版发行	凤凰出版传媒股份有限公司 江苏文艺出版社
出版社地址	南京市中央路165号，邮编：210009
出版社网址	http://www.jswenyi.com
经　　销	凤凰出版传媒股份有限公司
印　　刷	北京市雅迪彩色印刷有限公司
开　　本	700毫米×1000毫米　1/16
印　　张	18
字　　数	238千字
版　　次	2014年4月第1版　2014年4月第1次印刷
标准书号	ISBN 978-7-5399-7258-9
定　　价	38.00元

FONGHONG
凤凰联动出品